思い出菓子市
お江戸甘味処 谷中はつねや

倉阪鬼一郎

幻冬舎時代小説文庫

思い出菓子市

お江戸甘味処　谷中はつねや

目次

第一章　光の菓子

一

「なら、行ってきまーす」

巳之作《みのさく》の明るい声が響いた。

「ああ、お願いね、巳之ちゃん」

はつねやのおかみのおはつが送り出す。

「通り雨があったら、雨宿りしてから帰るんだぞ」

あるじの音松《おとまつ》が仕事場から声をかけた。

「へーい、承知で」

十六の若者が調子よく答えた。

谷中《やなか》の天王寺《てんのうじ》に近い路地にのれんを出している甘味処はつねやは、売り物の菓子を見世でも味わうことができる。

小上がりの座敷はいささか手狭だが、見世の前には緋毛氈《ひもうせん》が敷かれた長床几《ながしょうぎ》が二台据えられている。そこならいくたりかで来てもゆったりと菓子を味わうことができる。

それとはべつに、振り売りがいる。いま出ていったばかりの巳之作がその役目を担っていた。

嘉永《かえい》四年（一八五一）も夏になった。寒い時分には振り売りで大福餅をあきなう。

「ほかほかの大福餅はいらんかねー。大福餅はあったかいー」

巳之作の売り声は明るくてよく通る。

暑い時分になり、売り物が変わると売り声も改まる。

「冷やっこい、冷やっこい、甘くておいしい白玉水だよー」

よく冷えた井戸水に砂糖を溶かし、白玉を浮かべただけの売りものだが、時には飛ぶように出る。

このほかに、松葉焼きというわらべ向けの菓子もあきなう。松葉をかたどった焼き菓子は、本来なら大人向けだ。音松が修業した上野黒門町《うえのくろもんちょう》の老舗《しにせ》、花月堂《かげつどう》でもつくっている銘菓松葉は、砂糖を使った香ばしい仕上がりだ。

片や、わらべ向けの松葉焼きは、甘藷《かんしょ》から抽出した水飴を使う。音松の郷里《さと》である田端村《たばたむら》で甘藷を育てて水飴もつくっていて、折にふれて二人の兄が届けてくれる。その甘藷水飴を使ったわらべ向けの松葉焼きは、甘みこそ劣るがどこかなつかしい味がする。一つ一文だから、わらべも買いやすい。巳之作が売りに出ると、あっという間にわらべたちに囲まれて売り切れることもあった。

本家の花月堂にも振り売りはいる。谷中にのれんを出したものの、初めのうちは閑古鳥が鳴いていたはつねやを見かねて、振り売りもやったらどうかという案が出た。さりながら、音松とおはつのあいだには、おなみというまだ小さい娘がいる。どちらかが振り売りに出るわけにはいかない。

そこで、本家から助っ人を頼むことになった。白羽の矢が立ったのが、いま元気よく出ていった巳之作だった。菓子職人としてはいささか不器用で腕が甘いが、振り売りには向いている。おかげで大いに助かっていた。

初めのころは来なかった客もだんだんに増え、法事の菓子を頼む尼寺などの得意先も増えた。さらに、この春に行われた江戸のおもだった菓子屋が競い合う「腕くらべ」で、はつねやの名は大いに揚がった。

「いらっしゃいまし」

「毎度ありがたく存じました」

はつねやのあるじとおかみの弾む声が、日にいくたびも響くようになった。

二

「花月堂の旦那と番頭さん、それに、百々逸三《どどいつぞう》先生がおっつけ見えるよ。通りで会ったものでね」

常連の惣兵衛《そうべえ》が温顔で言った。

本郷竹町《ほんごうたけちょう》の小間物問屋の隠居だ。隠居になってもあきないに口を出す者は多いが、惣兵衛はすっぱりと手を引いて、かねて好んでいた谷中に小体《こてい》な隠居所を構え、俳諧をたしなんだり、墨絵を描いたり、詩吟をうなったり、いろいろと隠居らしいことを楽しんでいる。散歩をしてからはつねやに立ち寄り、茶と菓子を味わうのもその楽しみの一つだ。さまざまな相談にも乗ってくれるから、はつねやにとっては実にありがたい常連だった。

「みなさんおそろいで何の御用でしょう」

おはつが軽く首をかしげた。

「ひょっとしたら、見本市の話かも」

音松が察しをつけた。

菓子の腕くらべの次は、見本市のようなことができればと花月堂のあるじが言っていた。腕くらべのときも根回し役だった戯作者の百々逸三もいるのだとすれば、そのあたりの相談かもしれない。

「そうかもしれないね。お、いい香りじゃないか」

隠居は手であおぐしぐさをした。

「まもなく若鮎が焼けます」

仕事場から音松が言った。

「なら、上がって待たせてもらうかね」

隠居は小上がりの座敷のほうを手で示した。

はつねやにちなんだ鶯色《うぐいすいろ》の座布団が二枚置かれている。二人しか座れないのは玉に瑕《きず》だが、茶を呑みながら落ち着いて菓子を味わえるから常連客には好評だった。

「承知しました。焼きたてをお持ちしますので」

音松が言った。

かすていら地で求肥《ぎゅうひ》をくるみ、鮎のかたちにして焼きあげる。仕上げに焼き印で顔を表せば、愛らしい若鮎焼きの出来上がりだ。

調布《しらべぬの》という名でつくられていた京のほうの菓子を学び、江戸でも売り出したのは音松の師匠の三代目音吉《おときち》だ。花月堂で修業をした音松もこの菓子を得意にしている。

音松は手際よく若鮎に焼き印を入れた。顔ができると、それまでのっぺりとしていた菓子に命が吹きこまれる。

練り切りの兎や、押しものの亀などもそうだ。最後に墨で目を入れることによって、菓子の命が目覚める。

ものによって違いはあるが、菓子はおおむね日保ちがしない。精魂込めてつくっても、遠い先まで残ったりはしない。いたって儚《はかな》いものだ。

だが、そこがいい。すぐなくなってしまうものだからこそ、時として、食べた者の心に長く残る。

それでいい、と音松は考えていた。

若鮎ができた。

「お待たせいたしました」

おはつが茶とともに盆に載せて運んでいく。

「おお、来たね」

隠居の温顔がやわらいだ。

「もう鮎といえばこちらのほうを思い浮かべるよ」

惣兵衛はそう言うと、さっそく焼きたての若鮎を口に運んだ。

「いつも頭からか尻尾からか迷うね」

隠居が言った。

「このあいだ、三つに割っておなかから召し上がったお客さんがいました。あれは初めて見ましたね」

おはつが伝える。

「ははは、そりゃ意表を突いてるね」

惣兵衛が笑みを浮かべたとき、表で人の話し声が聞こえた。

「あ、見えたわ」

おはつが出迎える。

花月堂のあるじの三代目音吉、番頭の喜作《きさく》、それに、戯作者の百々逸三が姿を現した。

三

「すまないね、先に座敷に座って」

若鮎を賞味する手を止めて、惣兵衛が言った。

「いえいえ、われわれは長床几で休ませていただきますよ」

三代目の音吉が笑みを浮かべた。

「狭くて相済みません」

おはつが頭を下げた。

「では、ご隠居さんが召し上がっているものを手前も頂戴できればと」

番頭の喜作が座敷のほうをちらりと指さして言った。

「いい香りがしますからね。食べずに帰るわけにはまいりますまい」

派手な市松模様の着物をまとった戯作者が言った。

今日は天王寺の五重塔《ごじゅうのとう》の取材を済ませてから来た。むろん、初めて立ち寄ったわけではないが、江戸のおもだった名所案内を書くためにあらためて見に来たのだそうだ。

「用向きはそれだけではないのですが、そのあたりはまあ菓子をいただいてからということで」

百々逸三は言った。

「では、そちらへお持ちいたしますので」

おはつが長床几のほうを手で示した。

「なら、そういたしましょう」

三代目音吉が戯作者と番頭をちらりと見てから動きだした。

花月堂の当主は代々、音吉の名を襲う。三代目の音吉はことに才覚にあふれ、花月堂を菓子屋の番付の上のほうに載る見世に押し上げた。

花月堂で修業をし、のれん分けをした職人は、「音」の一字をもらって名を改めるのが習いだ。田端村出身の音松は本名が竹松《たけまつ》だが、習いどおりに音松という新たな名にした。

花月堂で修業をしたのだから、本来は同じ名でのれんを分けてもらうところだが、老舗の名は荷が重いと考えて辞退し、はつねやという名にした。鶯の初音に、おかみの名も懸けてある。春の腕くらべで名が揚がったこともあり、のれんにはだんだんに重みが出てきたところだ。

「どかすのはかわいそうだから、このままにしておきましょう」

番頭の喜作が座布団を指さした。

薄茶色で縞《しま》が入っている猫が気持ちよさそうに丸まって寝ている。

「きなこはここの福猫だからね」

三代目音吉が笑みを浮かべた。

「では、わたしはそちらのほうへ」

百々逸三だけ奥の長床几に腰を下ろした。

「お待たせいたしました」

おはつが盆を運んでいった。

「若鮎に抹茶羊羹《ようかん》だね」

三代目音吉が言った。

「はい、ご隠居さんが羊羹もとおっしゃってくださったので」

おはつは笑顔で答えた。

「なら、さっそく頂戴します」

戯作者が若鮎に手を伸ばした。

はつねやの菓子を賞味しながら、しばらく相談が続いた。

話の眼目は、かねて案が出ていた菓子の見本市の件だった。菓子づくりが一段落した音松とおはつ、それに菓子を食べ終えた隠居の惣兵衛も席を移り、しばし話が続いた。

「春に催した菓子屋の腕くらべは、なにぶん大がかりだから毎年というわけにもいかないかもしれないけれど、見本市なら決まった日にやることもできるだろう」

花月堂のあるじが言った。

「秋のお彼岸に合わせるなど、いろいろと思案は浮かびますね」

百々逸三が髷《まげ》にちらりと手をやった。

「まあそのあたりですね。これから段取りを調えるとなると、いささかばたばたするかもしれませんが」

三代目音吉がうなずく。

「市だから、それぞれの見世の顔になる菓子を並べてあきなうわけだね」

隠居が問うた。

「さようですね。江戸で選りすぐりの銘菓を集めた見本市がよろしいかと」

花月堂のあるじが答えた。

「でも、うちはどちらかと言うと、日保ちのしないお菓子が多いですからねえ」

おはつが首をかしげた。

「この若鮎など、こうして焼きたてをいただきたいですから」

百々逸三がそう言って、うまそうに胃の腑へ落とした。

「では、実際につくりたてを召し上がっていただくわけにはいかないでしょうか。そうすれば、お客さまはつくっているところを目で見て楽しみ、その場で味わうことができます」

音松は案を出した。

「思案することは同じだね」

三代目音吉が笑みを浮かべた。

「旦那さまとそういう話をしていたもので」

番頭の喜作が言う。

「さようでしたか」

音松の表情もやわらいだ。

「見本市の場所にしつらえができるのなら、それがいいかもしれないね」

隠居も乗り気で言った。

「屋台のようにいろいろな菓子の実演が並べば、縁日みたいで人も出るでしょう」

百々逸三が言った。

「では、先生に腕によりをかけて引札（広告）をつくっていただきましょう」

三代目音吉が気の早いことを言った。

「それはまあ本業みたいなものですから」

百々逸三はいくらか苦笑いを浮かべた。

本業の戯作では久しく当たりが出ていない。引札やかわら版の文句を思案するほうがよほど実入りになるようだ。

「ほかにはどういう案があるかねえ」

隠居が腕組みをした。

「いずれにしても、来た人の思い出に残るような見本市にしたいですね」

音松が言った。

その言葉を聞いたとき、おはつの脳裏にだしぬけに声がよみがえってきた。

若くして亡くなった父の声だ。

「気張ってやりな」

その声だけを、おはつはなぜかはっきりと憶えていた。

父の勘平《かんぺい》は花月堂で振り売りをつとめていた。役者にしたいほどの男前で上背もあり、売り声もよく通った。すっかり名物男になった勘平は錦絵にも描かれたほどだった。

勘平はそのうち、薬種問屋の末娘と縁が生まれて夫婦《めおと》になった。おはつの母のおしづだ。

若い夫婦はそのうち子宝に恵まれた。初めて授かった子だから、相談のうえ、おはつと名づけた。

しばらくは順風満帆だったが、思わぬ悲劇が起きた。おはつが物心つくかつかないかのころ、父の勘平がはやり病に罹り、ほんの少し床に就いただけであの世へと旅立ってしまったのだ。

だから、おはつには父の記憶がほとんどない。顔もおぼろげにしか憶えていない。

「気張ってやりな」

どういう流れで勘平がそう言ったのかは分からないが、その声だけが耳の奥底に残っていた。

何かのきっかけがあれば、父の思い出が数珠つなぎになってよみがえってくれる。そんな儚い望みをおはつは抱いていた。

「どうしたんだい、ぼおっとして」

隠居の言葉で、おはつは我に返った。

「い、いえ、ちょっと考えごとを」

おはつはあいまいな返事をした。

「見本市で何か思いついたことでもあるのかい」

三代目音吉はそう受け取ってたずねた。

そのことを思案していたわけではないけれど、道を歩いているうちに思いがけないところへ出るように、ある思いつきが浮かんだ。

「思い出の……お菓子づくりはどうでしょう」

　おはつは答えた。

「思い出の菓子？」

　花月堂のあるじは少しいぶかしげな顔つきになった。

「ええ。見本市にいらした方が『むかしどこかで食べたけれども、はっきりとは憶えていない思い出のお菓子』を探したり、おつくりしたりするんです」

　おはつは思い浮かんだことを伝えた。

「ああ、なるほど。それは面白いかもしれませんね」

　百々逸三が真っ先に乗ってきた。

「たしかに、わたしくらいの歳になると名前が出てこなかったりするからね」

　惣兵衛が言う。

「刷り物に記したり、立て札を出したりすれば分かりやすいでしょう。菓子を売ったり、できたてを供したりするほかに、そういう試みもあればさらに華が出ます」

　戯作者が乗り気で言った。

「なら、おはつさんの思いつきだから、それははつねやの受け持ちということでどうだい」

三代目音吉が言った。

「承知しました。やらせていただきます」

音松は引き締まった顔つきで答えた。

四

一行を見送ったあと、奥で昼寝をしていた娘のおなみが起きてきた。

おなみになついている猫のきなこが、さっそく鈴を鳴らしながら駆け寄る。

「おはよう、きなこちゃん」

おなみはそう言って猫の首筋をなでた。

今年の五月で満二歳になったばかりだ。だんだんに言葉も増え、客たちにかわいがられながら無事に育っている。

「この子も、いろんな思い出をつくるんだろうね」

仕事場に戻った音松が言った。

「そうね。なかには思い出せなくなってしまうものも」

おはつがしみじみと答えたとき、外で人の気配がした。

「いらっしゃいまし」

おはつが声をかけた。

はつねやに姿を見せたのは、二人の尼僧だった。

谷中の尼寺、仁明寺《じんみようじ》の尼たちで、年かさのほうが大慈尼《だいじに》、若いほうが泰明尼《たいめいに》、ともに白い頭巾と黒い袈裟をまとっている。

「今日はまた法事のお菓子のお願いでうかがいました」

大慈尼が言った。

「それはそれは、ありがたく存じます」

おはつがていねいに一礼した。

法事ばかりか、このところはお供えの菓子も頼んでくれるし、見世を訪れて味わってもくれる。はつねやにとってはありがたい上得意だった。

「ついでに、おいしいお菓子をいただいていこうかと」

泰明尼が笑みを浮かべた。

「どうぞどうぞ、空いておりますので」

おはつが座敷を手で示した。

「本日は、新たな組み合わせの長寿菓子に若鮎に抹茶羊羹がございます」

音松がよどみなく言った。

「では、長寿菓子を頂戴できればと」

「髪をおろしても、長生きはしたいものですから」

二人の尼が言った。

「承知しました。少々お待ちくださいまし」

おはつは笑顔で答えた。

新たな組み合わせの長寿菓子は、双亀《そうき》の押しものと練り切りの鶴だった。

二匹の亀を組み合わせた図柄の押しものの木型は、おはつの母のおしづがつくったものだ。夫の勘平に先立たれたおしづは、一念発起して菓子の木型職人を志し、根津《ねづ》の親方のもとで懸命に修業をした。その甲斐あって、いまは花月堂に木型を納めるほどの腕前になっている。

天地左右、いずれも逆さまに彫らねばならないからなかなかに難しいが、おしづの腕はたしかだった。双亀の押しものの木型も、おしづがはつねやのために心を込めて彫ったものだ。

鶴と亀で長寿を願う菓子はこれまでも出してきたが、鶴は干菓子の落雁《らくがん》を用いていた。どちらも平たい干菓子より、片方は高さを出したほうが映えるだろう。そう考え、鶴は練り切りでつくることにしたのだった。

「いまにも羽を広げそうなお菓子ですね」

鶴の練り切りを見て、大慈尼が言った。

「食べるのがもったいないくらいです」

泰明尼も和す。

「そうそう。肝心な用向きを」

大慈尼が手提げ袋から文を取り出した。

住職の妙心尼《みょうしんに》からのもので、菓子の注文が麗々しい達筆でしたためられていた。

「毎度ありがたく存じます。気を入れてつくらせていただきます」

目を通した音松がていねいに頭を下げた。

その後は、菓子の見本市で思い出の菓子を受け持つ話になった。

「それは面白い試みですね」

「人には必ず思い出がありますから」

尼僧たちは興味を示してくれた。

「過ぎてしまえば、みな思い出になりますからね」

表できなこと遊びはじめたおなみをちらりと見て、おはつが言った。

「たとえつらいことでも、過ぎてしまえばかけがえのない思い出です」

泰明尼が言った。

何かのいきさつがなければ尼寺に身を寄せてはいない。そんな尼僧の言葉だけに重みがある。

「それまで暗かった世の中に、また光が戻ってきて、色やかたちが急によみがえってくることがあります。悦ばしい思い出は、そのようなものではないでしょうか」

大慈尼が含蓄のあることを言った。

「なるほど、光のように思い出がよみがえってくるわけですね」

おはつがうなずいた。

「さようです。風にゆれる新緑の木々に宿る光を見て、それまで見えなかったものがよみがえってきたことがあります。あれは忘れがたい思い出です」

泰明尼が言った。

「そういう光のある菓子をつくりたいものですね」

音松が思いをこめて言った。

第二章　夏の錦水

一

「今日は夏らしい光のあるお菓子をつくろう」

はつねやの仕事場で、音松が言った。

「はい」

「わあ、楽しみ」

「気張ってつくります」

娘たちの明るい声が響いた。

おすみ、おみよ、おたえの三人娘だ。

だいぶ前から菓子づくりの習いごとに通ってくれている。もともと同じ寺子屋に通っていたのだが、もう娘らしい年頃になったので今年から寺子屋はやめ、菓子づくりと袋物づくりと琴の習いごとに絞っているらしい。そうやって技量を磨いているうちに、あわよくば武家屋敷に奉公に上がってそのうち玉の輿にというのが裕福な町場の娘の親の願いだが、むろんそんなうまい話がそうそうあるものではなかった。

「おいらも負けないようにしねえと」

巳之作が腕まくりをした。

いくらか年下の娘たちにまじって、巳之作も菓子づくりに加わっている。ただし、振り売りは堂に入ったものだが、菓子づくりはいたって不器用でしくじりが多かった。

「水羊羹に錦玉羹《きんぎょくかん》を刻んで散らして、ぎやまんの器に盛り付けようと思う。まずは錦玉羹だ」

音松がきびきびと段取りを進めた。

「これは菓子屋じゃないと無理かもしれないが、寒天を水に浸けてしっかり戻す」

「どれくらいかかるんですか？」

おすみが物おじせずにたずねた。

「おおよそ三刻《みとき》（約六時間）くらいだな」

はつねやのあるじは答えた。

「ずいぶんかかるんですね」

おみよが驚いたように言った。

「朝早く起きて戻しておいた寒天がある。それを煮るところから始めよう」

音松が手で示した。

「それならすぐできますね」

おたえが言った。

「いや、ここからでも手間がかかるんだ」

音松は笑みを浮かべてから続けた。

「まずは水気を切った寒天と水を鍋に入れ、ていねいに溶かす。そこから始めることにしよう」

「はいっ」

娘たちの声がそろった。

音松は手本を示した。

「杓文字《しゃもじ》を使って、寒天のかたまりが残っていないかたしかめることが大事だ。溶けきっていないと、仕上がりが悪くなるから」

はつねやのあるじの声に力がこもった。

「大工さんが土台をちゃんとこしらえるようなものですね」

おみよが言った。

「そうだね。ここをきちんとしないと、家がゆがんでしまう」

音松は笑みを浮かべた。

続いて、砂糖を溶かした。

「これをさらしで漉《こ》す。火傷に気をつけながら絞れば、寒天の滓《かす》はまったく残らなくなる」

音松は手際よく段取りを進めた。

仕事場の隅っこに空き樽が置かれている。おなみがその上にちょこんと座ってながめていた。

「面白い？　おなみちゃん」

おすみが問う。

「うん」

娘が元気よくうなずいたから、はつねやに和気が満ちた。

ここからさらに煮詰めて、水飴を加える。あとは平たい流し器に流しこみ、固まるのを待つ。

「流し器を濡らしておくのが勘どころだ。そうすれば、取り出しやすくなる」

音松は教えた。

「このまま食べてもうまいんだよ」

巳之作が言った。

「でも、刻んで飾りにしたほうがきれいでいいかも」

おたえが指さして言う。

「そうだね。今日は水羊羹に散らすことにしよう」

音松が白い歯を見せた。

「わあ、おいしそう」

「早く食べたいかも」

「水羊羹もつくらなきゃ」

娘たちが歓声をあげた。

そのとき、おはつの声が響いた。

「いらっしゃいまし。ちょうど教え子さんたちが見えてますよ」

おはつが声をかけたのは、往来堂《おうらいどう》という寺子屋を営む夫妻、林一斎《はやしいっさい》と千代《ちよ》だった。

二

「気張って習ってます、先生」

おすみが明るい声で言った。

「そうかい、それはいいね」

林一斎が温顔で答えた。

「今日は寺子屋がお休みだから、ゆっくりはつねやさんのお菓子をいただこうと思ってきてみたら、あなたたちの習いごとの日だったのね」

かつての教え子たちに向かって、千代が言った。

「はい、気を入れてやってます」

「楽しいです」

「できあがるまでは時がかかりそうですけど」

娘たちが答えた。

「本屋などにも寄りたいので、お菓子をいただいたらお先に失礼するよ」

「本当は舌だめしをしたいけれど」

林夫妻が言った。

今日は三色団子とおはぎがあった。夫妻が茶とともに所望する。次は水羊羹のつくり方の伝授に仕事場のほうから、にぎやかな声が響いてくる。

移ったようだ。

ちょうどいいから、物知りの夫妻に例の「思い出の菓子」の話をしてみた。

「なるほど。お菓子の見本市でお客さんの話を聞いて、思い出のお菓子をおつくりするんですね」

千代がすぐ呑みこんで言った。

「ええ。どういうお菓子だったか事細かに思い出せなくても、うちはともかくとして江戸の名店がたくさん出ているわけですから、その知恵を合わせればおつくりできると思うんです」

おはつが言った。

「それはいい試みですね。幼いころに食べた菓子にはいろいろな思い出が詰まっているから」

一斎がそう言って、三色団子を口元に運んだ。

草団子の緑、紅粉を用いた赤、それにつややかな白。

目で見て楽しみ、舌でまた味わうひと品だ。

「あなたの思い出のお菓子は？」

千代が問うた。

こちらはおはぎを手に取る。甘いおはぎを食しながらお茶を呑むのは、ささやかながら至福の時だ。

「そうだな……桜餅を初めて食べたときのことは、よく憶えてるよ。桜の葉っぱの塩漬けまで食べられると思わなくて、むいて食べようとしたら、亡き母が笑って『それは一緒に食べるのよ』と教えてくれた」

一斎はなつかしそうな面持ちで言った。

「そうやって、お客さんの思い出がよみがえってくれればいいですね」

おはつが笑みを浮かべた。

「そうですね。ある思い出は、またべつの思い出をつれてきてくれたりしますから」

千代が言う。

「おかげで、母の顔や声がくっきりとよみがえってきましたよ」

一斎がしみじみとした表情で言った。

三

「なら、気張ってね」

「また寺子屋にも遊びにきなさい」

林夫妻が声をかけた。

「はい、気張って学びます」

「そのうちみなで顔を出しますから」

「お元気で、先生」

娘たちが見送った。

水羊羹づくりは佳境に入っていた。

また寒天を溶かし、砂糖を加えて煮る。

こし餡を加えてさらに煮る。あくが出るから、杓文字を軽く押しつけて取り除くのが骨法だ。

続いて、水で溶いた葛粉を加えて煮る。葛の粉っぽさが出ないように、ここでも煮立たせなければならない。

「ここからが勘どころだ」

音松が言った。

その手元を娘たちが覗きこむ。

「盥《たらい》に冷たい井戸水を張り、鍋を当ててゆっくりとまぜながら冷ましていく。いきなり冷ますと固まってしまうから、ゆっくりじっくりやるんだ。そうすると、なめらかな口当たりの水羊羹になる。では、交替でやってみて」

「はい」

音松は娘たちに言った。

「ゆっくりですね」

「そう。少しとろみが出るまで、じっくりまぜて」

音松が見守るなか、娘たちはやや緊張した面持ちで手を動かしていった。

「おまえもやるか？」

音松は巳之作に水を向けた。

「へい。待ってました」

巳之作が二の腕をたたいた。

「こら、もうちょっとやさしくまぜろ」

さっそく音松から叱声が飛ぶ。

「そんなに荒っぽくやったら、せっかくの水羊羹が台なしだぞ」

「やさしくやってるつもりなんですが」

と、巳之作。

「速すぎるって、巳之作さん」

「もっとゆっくり」

娘たちからも声が飛んだ。

「やっぱりおまえがいちばん足を引っ張るな」

音松がいささかあいまいな顔つきで言った。

「すんません」

巳之作は髷に手をやった。

水羊羹は竹筒に流しこんで固まるのを待つこともあるが、今日は切って盛りつけるため、普通の流し缶を用いた。

「では、固まるまで長床几で団子とおはぎでも食べて待っていてください」

音松が言った。

「はあい」

「お団子楽しみ」

「おはぎもね」

娘たちが華やいだ声で言った。

四

愛想のいい看板猫のきなことともに娘たちが話の花を咲かせていると、俳諧師の中島杏村《なかじまきょうそん》がふらりと姿を現した。

隠居の惣兵衛やさきほどの林夫妻などをまじえて、はつねやでたまに催される句会に顔を出してくれている常連だ。

「今日は習いごとかい？」

総髪の俳諧師がたずねた。

「はい。もうすぐ水羊羹が固まるので」

おすみが答えた。

「錦玉羹を刻んで散らして……」

おみよが唄うように続けた。

「ぎやまんの器に盛りつけるんです」

最後におたえが言った。

「それは舌だめしをしたいねえ」

俳諧師が乗り気で言った。

「それはぜひ。じゃあ、そろそろ仕上げにかかろうか」

音松が言った。

「はいっ」

また娘たちの声がそろった。

習いごとの菓子が仕上がるまでのあいだ、おはつは俳諧師にも菓子の見本市と思い出の菓子の話をした。これはという常連さんからは、なるたけ多くの知恵を授けてもらいたかったからだ。

「思い出の立ち現れ方というものは、俳諧の言葉とも一脈通じているんですよ」

中島杏村はそう言うと、松葉焼きをさくっとかんだ。

大人向けの甘い松葉焼きは、たとえ焼きたてでなくとも充分に香ばしい。

「思い出の立ち現れ方ですか」

おはつはいくらかあいまいな顔つきで言った。

「そうです。思い出というものは、あるときだしぬけによみがえってきたりするものです。池から魚が現れたりするようなものですね。俳諧、ことに発句《ほっく》の言葉は、そのような立ち現れ方をします」

杏村の言葉に、おはつはうなずいた。

いささか難しいが、どうにか呑みこむことはできた。

「いま、このお菓子を食べて、おいしい甘みを感じました。それも思い出がよみがえるきっかけになったりします。もちろん、発句が生まれるきっかけにも」

俳諧師はそう言って湯呑みを口に運んだ。

「さきほど見えていた林一斎先生と千代先生も似たようなことをちらりとおっしゃっていました」

おはつは伝えた。

「ああ、先生がたが見えていたんですか」

杏村は茶を少し啜《すす》ってから言った。

「あっ、そうだ」

おはつはあることを思いついた。

「お菓子の見本市は秋に行う段取りになってるんですけど、何か引札になるような発句がございましたら。刷り物に入れると映えるような発句を」

はつねやのおかみは思いついたことを口にした。

「なんだか藪をつついて蛇を出したような按配ですね」

俳諧師はそう言って笑った。

「相済みません。べつに急ぐことではないんですけど、世話人の百々逸三先生に伝えますので」

おはつは段取りを進めた。

「見本市は秋なんですね？」

杏村はたずねた。

「ええ。お彼岸あたりにという話で」

おはつは答えた。

「秋と聞いて、すぐ浮かびましたよ。思い出や俳諧の言葉の立ち現れ方の話をしていたからかもしれません」

俳諧師はそう言うと、やおら矢立《やたて》を取り出した。

ややあって、中島杏村は短冊に発句をこうしたためた。

錦秋や
よみがへる思ひ出のごとくに
杏村

「二句仕立てなので、このような書き方になりました」

俳諧師は笑みを浮かべた。

「秋の紅葉が日の光に照らされて、さまざまな楽しい思い出のようによみがえってくるんですね」

おはつも笑顔で言う。

「そういう読み方をしていただければ、作者冥利に尽きます」

杏村は頭を下げた。

「色とりどりのお菓子が並べられている見本市にはぴったりだと思います。ありがたく存じます」

おはつも礼を返した。

五

このたびは時がかかったが、習いごとの菓子ができあがった。

美しいぎやまんの器に、慎重に切った水羊羹を盛り、上から細かく刻んだ錦玉羹を散らす。

「わあ、できた」

「食べるのがもったいないくらい」

「光にかざすときれい」

娘たちが歓声をあげた。

表の長床几でさっそく舌だめしをする。

「先生もこちらで」

おはつが杏村の分を運んだ。

「では、いただくことにしよう」

俳諧師は奥の長床几で巳之作と並んで舌だめしを始めた。

「ぷるぷるしておいしい」

おすみが笑みを浮かべた。

「甘すぎないし、ちょうどいいわ」

おたえがうなずく。

「水羊羹と錦玉羹の舌ざわりが違うから、ことにおいしい」

おみよが満足げに言った。

「ああ、いい味だね」

中島杏村がそう言ったから、立って見守っていたおはつと音松がほっとしたような表情になった。

「あっという間になくなりそう」

巳之作が匙を動かす。

「もっと味わいながら食べなさい」

おはつがあきれたように言った。

ほどなく、客がやってきて長寿菓子を買っていった。初めのころは閑古鳥が鳴いていたはつねやだが、見世売りの客もずいぶん増えた。尼寺をはじめとする大口の得意先もできた。菓子屋の帆はいい按配に風をはらんでいた。

「ところで、いまのお菓子の名前は何でしょう」

食べ終えたあと、おみよがたずねた。

「さあ、どうしよう。今日の習いごとのために思案したものだから、まだ名は決まっていなかったんだ」

音松は答えた。

「杏村先生はいかがです。何か名の案は」

おすみが水を向けた。

「そうそう、俳諧師の先生につけてもらいましょうよ」

巳之作が和す。

「わたしかい」

杏村がおのれの胸を指さした。

「名の案を出していただければ助かります。そうたびたびというわけにはいかないかもしれませんが、今日の出来ならここぞというときにまたお出しできると思うので」

音松は手ごたえありげな顔つきだった。

「それなら、秋の見本市でお出しすればどうかしら」

おなみにお乳をやってから戻ってきたおはつが言った。

「ああ、それはいいかも」

「ぎやまんの器もきれいだし」

「きっといい思い出になると思います」

娘たちが口々に言った。

「だったら、なおのこと名前が要りますね」

巳之作が言った。

「そうだねえ。水羊羹に錦玉羹を散らしてあるわけだから……二つの頭《かしら》を合わせて錦水《にしきみず》というのはどうだい」

俳諧師は案を出した。

「ああ、それはいいかもしれませんね」

音松がすぐさま言った。

「水錦だとものすごく弱い相撲取りみたいだが、錦水は上品な響きがあるよ」

杏村が笑みを浮かべた。

かくして、新たな菓子の名が決まった。

俳諧師はそれにちなむ発句も詠んでくれた。

こんな句だった。

はつねやや
この佳《よ》き夏の
錦水

第三章　滝の音

一

だんだんと夏の日ざしが濃くなり、江戸の人々が涼を求めはじめた頃合いに、花月堂の番頭の喜作がはつねやにやってきた。

「決まったよ、見本市の時と舞台が」

のれんをくぐるなり、喜作は言った。

「ああ、番頭さん、いつどこででしょう」

おはつがたずねた。

「春に腕くらべをやった薬研堀《やげんぼり》の松屋《まつや》さんが承知してくださってね」

番頭は伝えた。

「さようですか。それはひと山越えましたね」

菓子をつくる手を止めて、音松が言った。

「いつやるんだい？」

小上がりの座敷から、隠居の惣兵衛が問うた。

「秋のお彼岸に。このたびも、木場の和泉屋《いずみや》さんが後ろ盾で、場所の借り賃や刷り物の代金などを出してくださるそうで」

喜作は答えた。

「そうかい。そりゃあ大船に乗ったようなものだね」

隠居は笑みを浮かべた。

和泉屋のあるじの孝右衛門《こうえもん》は江戸でも五本の指に入る数寄者《すきしや》で、書画骨董展の後ろ盾などもつとめている。和泉屋が後ろ盾なら、まず間違いのないところだ。

「一日だけでしょうか」

おはつがなおもたずねた。

「いや、それじゃあまりにも短すぎるから、三日くらいにしたほうがいいんじゃないかという話でね」

喜作は指を三本立てた。

「今度は菓子の実演もある見本市ですからね」

手を拭きながら出てきた音松が言った。

「で、ついては、うちで段取りの打ち合わせをそのうちにと思って、都合を訊きに来たんだよ」

番頭が告げた。

「さようですか。……次の休みでいいかい？」

音松はおはつに訊いた。

「ええ、早いほうがいいと思うので」

おはつは答えた。

はつねやでは十日と二十日、大の月であれば三十日も休む。おおよそ月に二日か三日の休みだ。

「刷り物などの段取りを考えると、ゆっくりもしていられないからね」

花月堂の番頭が笑みを浮かべた。

「承知しました。では、次の休みに」

はつねやのあるじが言った。

「なら、おおよそ八つどき（午後二時ごろ）に。紅梅屋《こうばいや》さんや百々逸三先生にも声をかけておくから」

こうして、段取りが決まった。

二

次の休みの日――。

音松は遅れないように早めに上野黒門町の花月堂を訪れた。

あるじの三代目音吉とおかみのおまさとのあいだには、三人の子がいる。長男の小吉《こきち》は十五歳で、父のもとで菓子づくりの修業にいそしんでいる。いずれ四代目音吉の名を襲う若き菓子職人は、このところめきめきと腕を上げていた。

次が長女のおひなで十三歳。もうおかみと同じくらいの背丈で、物おじせずに客にも声をかける。いちばん下は次男の末吉《すえきち》、まだ九歳で寺子屋に通っているが、菓子づくりの真似事も始めていた。ものになれば、いずれのれん分けをすることになる。

「脚をこうやって動かすの、お馬さん」

おひなが妙な手つきをしながら音松に言った。

昨日、両国橋《りょうごくばし》の西詰《にしづめ》へ母と弟とともに曲馬の見世物を観にいったらしい。

「ずいぶんな人出だったかい、おひなちゃん」

音松はたずねた。

「それはもう。お馬さんが踊ったり、脚を上げたりするんだから」

おひなはまた妙な手つきをした。

しばらくなおも曲馬の話を聞いているうち、浅草の老舗、紅梅屋のあるじの宗太《そうた》郎《ろう》が手代とともに姿を現した。花月堂のおかみのおまさの父に当たるから、みな身内のようなものだ。

少し遅れて、戯作者の百々逸三も顔を見せた。これで役者がそろった。

「木場の和泉屋さんが後ろ盾ですから、派手な刷り物にしても大丈夫でしょう。配り役もかなり雇えるはずです」

世話役の百々逸三がさっそく話を進めた。

「その前に、見本市に出る見世を決めなければなりませんね」

花月堂のあるじが言った。

「そうですね。春の腕くらべに出たところには出ていただきませんと」

戯作者がうなずいた。

「見本市なら、喜んで出させていただきますよ」

花月堂のあるじが笑みを浮かべた。

腕くらべでは、義理の父親に当たる紅梅屋と戦うわけにはいかないと辞退し、弟子の音松に大役を譲った三代目音吉だが、見本市なら話はべつだ。

「あとはまず鶴亀堂《つるかめどう》さんだな」

紅梅屋の宗太郎が言った。

麴町の名店で、腕くらべでは江戸じゅうにその名を轟かせた。

「それに、はつねやさんのお近くの伊勢屋《いせや》ですね」

百々逸三が音松のほうを手で示した。

「絵図面ができたら、伊勢屋にはおまえのほうから頼んでくれるか」

師匠の三代目音吉が言った。

「は、はい」

音松はいささかあいまいな返事をした。

谷中には二軒の老舗の菓子屋があった。伊勢屋と名月庵《めいげつあん》だ。新参者のはつねやがのれんを出したのを快く思わなかった老舗の者たちは、事あるごとに嫌がらせまがいのことをしていた。

そのうち、悪い仲間と付き合っていた名月庵の跡取り息子が一線を越え、お咎めを受けるという出来事があった。そのせいで名月庵はのれんを取り上げられ、あるじとおかみは江戸所払いとなった。残る伊勢屋は、表向きは心を入れ替えたふりをして、はつねやが表通りに置き看板を出すことも許すようになったのだが、さて肚《はら》ではどう思っているのか、これはうわべだけでは判じかねた。

そんなわけで、いささか気は重いが、すぐ近くなのだからはつねやが負うべき役目だった。

その後は、どの見世に声をかけるかという相談になった。

菓子のうまさもさることながら、実演に向くかどうか、そのあたりも思案に入れておかなければならない。それに、料理屋だけあって松屋の厨《くりや》は使い勝手がいいが、客の目の前でつくるとなれば、新たなしつらえも入り用になる。見世の数をむやみに増やせば、そのあたりの手が回らなくなる恐れもあった。

「せいぜい八軒くらいかねえ」

紅梅屋のあるじが腕組みをした。

「さようですね。ちょうど末広がりで縁起もいいので」

百々逸三が笑みを浮かべた。

「では、断られてもいいように、いくらか多めに名を挙げることにしようか」

いちばん年かさの紅梅屋のあるじが言った。

「このたびは腕くらべじゃないので、断られることはあまりなかろうかと」

三代目音吉が言った。

「見世の引札にもなりますからね」

戯作者が言う。

「引札といえば、俳諧師の中島杏村先生から秋の見本市のための発句を頂戴してきたんです」

音松はふところから袱紗《ふくさ》を取り出し、短冊を示した。

「お客さまの思い出のお菓子をうかがって実際におつくりするという試みをやらせていただこうと思いまして、その引札のための発句です」

はつねやのあるじはそう説明した。

「なるほど、『錦秋やよみがへる思ひ出のごとくに』ですか、美しい景色ですね」

百々逸三が言った。

「そういう菓子も出したらどうだい」

三代目音吉が水を向けた。

「秋に向けた新たな木型を頼んであるので、それが合うかもしれません」

音松は答えた。

木型を彫るのは、もちろんおはつの母のおしづだ。

その後も細かい打ち合わせが続いた。

刷り物などの引札は百々逸三、会場の松屋との交渉事は花月堂、菓子の材料の仕入れは紅梅屋というふうに、それぞれが担う役目も決まった。はつねやの音松は、両替商と打ち合わせて釣り銭の用意をするとともに、見本市のあいだの売り上げの管理を担当することになった。

「では、声をかける八軒はこんな感じでよろしいでしょうか」

百々逸三がまだ墨の香りのする紙を差し出した。

そこにはこう記されていた。

菓子見本市
秋彼岸三日間　於、薬研堀松屋
麴町　鶴亀堂
浅草　紅梅屋
上野黒門町　花月堂
谷中　伊勢屋
谷中　はつねや
大門　寿庵
京橋　駿河屋
深川　八福堂

「いいですね」

目を通すなり、紅梅屋のあるじが言った。

秋の見本市に声をかける三軒の菓子屋は、当初は腕くらべでも名が挙がっていた。大門《だいもん》の寿庵《ことぶきあん》、京橋《きょうばし》の駿河屋《するがや》、深川《ふかがわ》の八福堂《はちふくどう》、いずれも銘菓を持つ老舗だ。

「これでいきましょう」

花月堂のあるじも笑みを浮かべた。

「では、進めさせていただきます」

世話人の戯作者が破顔一笑した。

三

翌日——。

音松の姿は、同じ谷中の伊勢屋の座敷にあった。

「そりゃ、せっかく白羽の矢を立てていただいたんだから、無下に断るわけにはいきませんや」

あるじの丑太郎《うしたろう》はいささか奥歯に物がはさまったような言い方をした。

「実演のほうは、無理にとは申しません。菓子だけでも出品していただければありがたいです」

音松はそう言って頭を下げた。

「うちの薄皮饅頭《まんじゆう》は実演向きじゃないもので」

おかみのおさだが言った。

「しつらえが要りますからね」

と、音松。

「あんまり客の前で菓子をつくったこともねえんで」

丑太郎も首をひねった。

「では、銘菓の薄皮饅頭だけ出していただければと。刷り物にも大きく載せさせていただきますので」

音松はここぞとばかりに言った。

「なら、饅頭だけつくって運ぶか」

丑太郎がおさだに訊いた。

「そりゃ、おまえさんに任せるよ」

気乗り薄な様子で、おかみが答えた。

「では、そういうことで、ご面倒をおかけしますが、どうかよしなに。刷り物ができましたら、またお持ちしますし、幟《のぼり》が入り用でしたら手配させていただきますので」

音松は如才なく言った。

「ああ、ご苦労さまで」

伊勢屋のあるじが答えた。

いくらか気ぶっせいな役目を終えた音松は、はつねやへ引き返していった。

「おや、親分さん」

長床几に座って団子を食べている大男に向かって、音松は声をかけた。

「おう、伊勢屋へ用足しに行ったそうだな」

そう答えたのは、土地《ところ》の十手持ち、五重塔の十蔵《じゅうぞう》親分だった。

六尺（約百八十センチ）豊かな大男で、谷中を代表する名所、天王寺の五重塔のように遠くからでも分かるからその名がついた。背中には見事な五重塔の彫り物が入っている。谷中の安寧が護られているのは、この情も力もある十手持ちがいるからこそだった。

「はい、秋に菓子の見本市をやるもので、伊勢屋さんにも出ていただくことになりまして」

音松は答えた。

「出るって言ったかい」

十蔵親分はそう言って、みたらし団子を口に運んだ。

団子はさまざまなものを出すが、今日はみたらしと餡団子にした。相盛りにした皿も人気で、小ぶりの盆に茶とともに載せて供する。むやみに甘くないはつねやの団子は後を引く味だというもっぱらの評判だった。

「ええ。承知していただきました」

「このあいだ前を通りかかったら、あるじの弟が金の無心に来ていて、声を荒らげて喧嘩していたから仲裁してやったんだ」

十蔵親分が告げた。

「そうだったんですか……いろいろありますね」

やや あいまいな顔つきで音松は答えた。

「まあとにかく、この団子の味なら太鼓判だ」

十手持ちは笑みを浮かべた。

「ありがたく存じます」

おはつが出てきて一礼した。

「焼き台が入り用なので、実演はむずかしそうですが」

音松が言う。

「ほかにお団子の名店も出られるそうですし」

おはつも言った。

「何にせよ、谷中のほまれだ。気張ってやってくんな」

十蔵親分はそう言うと、残りのみたらし団子を胃の腑に落とした。

四

新たな菓子の木型ができたという知らせが入った。

次の休みの日、音松とおはつはおなみをつれて根津の仕事場へ向かった。おはつの母のおしづにとってみれば、おなみはかわいい孫だ。木型だけ届けることもできるのだが、あえて知らせのみにした。その気持ちを察して、家族で出かけることにしたのだった。

歩きやすい坂の下りだけおなみに歩かせ、あとは音松が抱っこやおんぶをして歩いた。はつねやの客に会うたびに立ち話をしながらだからなかなか進まなかったが、やっと木型づくりの仕事場が近づいた。

「最後が坂だからな」

音松が言った。

根津権現《ごんげん》裏の仕事場までの道は、最後が厳しい坂になる。

「気張って」

負ぶわれたおなみが父を励ました。

「おう」

短く答えて、音松は先を急いだ。

木型づくりの仕事場では、みな笑顔で出迎えてくれた。

「さっそくだけど、秋に向けた新しい木型を」

おしづが包みを解いた。

「わあ、木の香りが違う」

おはつが声をあげた。

「彫りたては木がまだ若いからね」

親方の徳次郎《とくじろう》が言った。

職人には気の荒い者も多いが、紺色の作務衣に身を包んだ親方はいたって物腰がやわらかかった。日ごろから書物にもよく親しんでいるらしい。

「さっそく拝見します」

音松が木型をあらためた。

錦秋の風景を表した珍しい木型だ。

中央に滝があしらわれている。右上のほうには紅葉がせり出し、左下には枝ぶりのいい松が見える。

「大変だったでしょう、おっかさん」

おはつが労をねぎらった。

「彫りが細かくて大変だったわ」

おしづが苦笑いを浮かべた。

「竜ちゃん、代わってよと言われました」

親方の長男の竜太郎《りゅうたろう》が手を動かしながら言った。

だんだん腕が上がってきた頼りになる跡取り息子だ。

「鯉まで入れなくて良かったかも」

木型を見て、おはつが言った。

滝が入るのだから、縁起物の鯉の滝登りもと当初は思案していたのだが、あまり欲張らないほうがいいとやめにしたのだった。

「たしかに、鯉まで入ってるとごちゃごちゃするかもしれないね」

親方が言った。

「色が多すぎると目移りしちゃうし」

もう一人の弟子の信造《しんぞう》が言った。

相州《そうしゅう》の寒川《さむかわ》出身のいちばん年若だが、臆せずものを言う。

「つくるほうも難儀だからね。干菓子だからこれで充分だろう」

音松はおはつのほうを見た。

「そうね。実演でお出しすれば喜ばれると思う」

手ごたえありげな顔つきで、おはつは答えた。

「これはあきない道具だからね」

鑿《のみ》に興味を示したおなみに、親方がやんわりと言った。

「いたずらをしちゃ駄目だぞ」

音松も言う。

「うん」

おなみはいくぶん不満げに鑿を放した。

「あとは、紅葉と松の色をうまく出せれば」

音松が言った。

「滝に見えるといいんだけど」

と、おしづ。

「菓子の名はどうするんです？」

徳次郎がたずねた。

「『錦秋の滝』か、もっと簡明に『滝の音《おと》』か、どちらにしようか思案しているんですが」

音松は答えた。

「どちらがいいかしら、おっかさん」

おはつがおしづに問うた。

「そうねえ。『滝の音』のほうが分かりやすいかも」

木型職人が小首をかしげて答えた。

「錦秋って分かるかい？」

徳次郎が信造に訊いた。

「さあ……紀州なら分かりますけど」

年若の弟子が答えた。

「色とりどりの紅葉が山を彩っていて、錦さながらに見えるところから生まれた言葉だよ。字面があればともかく、聞いただけではすぐ呑みこめないかもしれないね」

学のある親方が教えた。

「たしかに、すぐ呑みこめるほうがいいかもしれません」

はつねやのあるじが言った。

「じゃあ、滝の音でいきましょう」

おはつが言った。

「分かった。音が聞こえるような菓子にしないとな」

音松は引き締まった表情で答えた。

五

はつねやへ戻った音松は、さっそく滝の音の試作にかかった。

木型を使った菓子でも、打ち物と押し物とでは材料やつくり方が違う。見本市の菓子は多少なりとも日保ちのするほうがいいので、水飴も用いた押し物にした。滝のところにはそれなりに厚みもあるため、少しなら餡も入れられる。

松の緑は抹茶を使い、紅粉や鬱金《うこん》などで色をつけていく。

「やっぱり加減がむずかしいな」

初めにできあがった菓子を見て、音松が首をかしげた。

「ちょっとずつ直していけばいいわよ」

おはつが言った。

「そうだな。今日はこれくらいにしよう。だいぶ日が落ちて手元が暗くなってきたから」

音松はうなずいた。

翌日はいい日和になった。

昼からは習いごとの日だった。ちょうどいいから、娘たちに滝の音の試作をやってもらうことにした。

「どれがいちばん錦秋の景色になるか競うことにしよう」

音松が言った。

「一番のほうびは何でしょう」

おすみがたずねた。

「ちょうど白餡入りの押し物の鯛があるから」

音松が笑みを浮かべて答えた。

「わあ」

「持って帰ったら喜ぶわね」

「気張ってつくらなきゃ」

娘たちがさえずる。

「よし、負けないぞ」

巳之作が腕まくりをした。

それぞれがつくった滝の音を吟味することが役に立った。どこをどう直せばいいか、色のつけ方はどうか。音松はいろいろと新たな思案を得た。

よし、これでいける。

音松はたしかな手ごたえを感じた。

娘たちの試しづくりの品は甲乙つけがたい出来だった。

色粉のわずかな使い方の違いが景色に出る。音松とおはつが相談の末に選んだのは、おみよがつくった品だった。

「なら、一番のほうびの品を」

おはつは箱に入った大きな押し物の鯛を渡した。

「わあ、ありがたく存じます。みな喜びます」

習いごとに来た娘が少し上気した顔で受け取った。

第四章　刷り物出来《しゅったい》

一

吹く風にそこはかとない秋の気配が漂いはじめたある日、見本市の世話人の百々逸三が花月堂の番頭の喜作とともにはつねやののれんをくぐった。

「できたよ、刷り物が」

喜作が紙をかざした。

「もう上野の広小路や両国橋の西詰などで配りはじめてますので」

百々逸三が笑みを浮かべた。

「いよいよですね」

おはつが言った。

「拝見します」

音松はいくぶん硬い顔つきで刷り物を受け取った。

「おかみにも」

番頭がおはつにも刷り物を渡す。

「ありがたく存じます」

おはつはさっそく目を通した。

こんな刷り物だった。

江戸初、菓子の見本市、秋彼岸に開催
彼岸の入りより三日のあひだ、薬研堀松屋にて、江戸選りすぐりの菓子屋が自慢の菓子を持ち寄り、見本市を催すなり。
江戸の菓子屋といへば、春に腕くらべが行はれしが、このたびは銘菓を持ち寄る見本市なり。
いづれ劣らぬ、江戸を代表する名店銘菓は、末広がりの縁起良き八つなり。

麴町　鶴亀堂　鶴亀最中
浅草　紅梅屋　梅が香餅

上野黒門町　花月堂　紅葉煎餅
谷中　伊勢屋　薄皮饅頭
谷中　はつねや　滝の音、若鮎
大門　寿庵　寿飴
京橋　駿河屋　抹茶羊羹
深川　八福堂　八福餅

「うちだけ二つで相済まないことで」

おはつがぽつりと言った。

「いえいえ、お気になさらず」

百々逸三が笑みを浮かべた。

「はつねやにはまだ看板になる銘菓がないからね」

花月堂の番頭が言った。

「花月堂さんもいろいろお出しになっているので」

と、戯作者。

「絞るのが大変でしたが、秋らしく紅葉煎餅でいかせていただこうかと」

喜作が答えた。

「春なら貝の吹き寄せ煎餅でしたね」

音松が言った。

同じ色とりどりの煎餅でも、花月堂の名物は春と秋とで変わる。春は貝のかたちの吹き寄せ煎餅、秋は紅葉をかたどった煎餅だ。

「さようですね。紅梅屋さんなどは、どの季節でも梅が香餅ですが」

花月堂の番頭が言った。

「そりゃあ、見世の名に入っている梅を使った看板菓子ですから」

おはつが言った。

餡を求肥で包んだ羽二重《はぶたえ》餅で、ほんのりと梅の香りもついている。いい梅干しを使っているから、ことのほか風味がいい。江戸を代表する銘菓の一つだ。

「思い出の菓子づくりも引札に入っていますね」

音松が刷り物を見て言った。

「ええ。あまりくわしくは載せられなかったんですが」

百々逸三がそのくだりを指さした。

隅のほうに小さくこう記されていた。

思ひ出の菓子づくり
皆さまの思ひ出の菓子　つくり〼《ます》
谷中はつねやにて
「ありがたく存じます。名まで入れていただいて」

おはつが礼を述べた。

「あとはお客さんが見えたら説明してください」

世話人の戯作者が言った。

「承知しました。気張ってやらせていただきます」

音松は引き締まった顔つきで答えた。

「それから、実演のほうもよしなに」

百々逸三が今度はべつのところを指さした。

こう記されていた。

見本市は銘菓の販売のみにあらず
菓子づくりの実演も催されるなり（おほよそ半数の見世が実施）
いかなる菓子がその場でつくられるか
これは来てのお楽しみ

「うちは白玉汁粉をお出しすることになっています。大鍋は松屋さんで借りられるし、火も使えるので」

花月堂の番頭が言った。

「ああ、いいですね。秋風が吹くと、お汁粉が恋しくなります」

おはつが笑顔で言った。

「はつねやさんは逆に涼を求めるほうでしたね？」

百々逸三が問うた。

「ええ。秋のお彼岸は暑い日もありますので、錦水と滝の音という菓子の実演でいかせていただこうかと」

音松が答えた。

「暑くなったら、うちにはあまりお客さんが来ないかもしれないけれど」

と、喜作。

「あとはどちらが実演を？」

おはつがたずねた。

「鶴亀堂さんと八福堂さんが乗り気でした。八福堂さんは銘菓の八福餅ですが、鶴亀堂さんはこれから思案されるそうです」

世話人の戯作者が答えた。

「これもまた一つの腕くらべだからね」

喜作が音松に言った。

「ええ。気張ってやらないと」

はつねやのあるじの声に力がこもった。

二

「こうして刷り物を見ると、感慨深いねえ」

隠居の惣兵衛が小上がりの座敷で言った。

菓子の見本市の刷り物は多めにもらい、客が来るたびに渡している。

「ご隠居さんのおかげで」

しばらくおなみの相手をしていたおはつが言った。

「なに、わたしなんか、暇だから通っていただけだよ」

隠居は笑みを浮かべると、滝の音を少し割って口中に投じた。

「いえいえ、閑古鳥が鳴いていたうちが、こういう見本市に出られるようになったのは常連さんのおかげです」

おはつはそう言って一礼した。

「この味なら、お客さんは喜ぶでしょう」

もう一人、座敷に陣取っている俳諧師の中島杏村が言った。

こちらも滝の音を賞味しているところだ。

「滝の音と若鮎って、それだけで発句になりそうだね」

と、隠居。

「はつねやや若鮎躍る滝の音……もう一句できました」

中島杏村がさらりと発句を披露した。

「さすがですね、先生」

音松が感心したように言う。

「昨日は仁明寺の句会にお招きいただいたので、まだ余韻が残っているんでしょう」

俳諧師はそう言って、残りの滝の音を胃の腑に落とした。

「みなさん、お達者でしたか?」

おはつがたずねた。

「ええ。向こうでもはつねやさんの落雁をいただきました」

杏村が答えた。

「ありがたいことで」

おはつは軽く両手を合わせた。

「ところで、菓子づくりの実演の稽古などはどうするんだい」

惣兵衛がたずねた。

「近々、会場の松屋さんに集まって顔合わせと下見をすることになっていますので、それがすんでから思案しようかと」

音松は答えた。

「なるほど、それが順序だね」

隠居がうなずく。

「おなみちゃんはどうするんです？」

表できなこに猫じゃらしを振ってやっている娘のほうを、俳諧師は手で示した。

「だれかに預けるわけにもいかないので、つれて行こうかと」

おはつが少しあいまいな顔つきで答えた。

「赤子だと迷惑をかけるかもしれないけれど、もうだいぶ大きくなったからね」

と、隠居。

「なら、看板娘の見習いですね」

杏村が笑みを浮かべた。

「ああ、看板娘としての修業の始まりかもしれませんね」

おはつも笑みを返した。

三

それからいくらか経った日——。

菓子の見本市の会場になる薬研堀の松屋に、江戸じゅうから菓子屋が集まってきた。お彼岸の見本市の下見だ。

もっとも、なかには姿のない者もいた。同じ谷中の伊勢屋は、腕くらべに出ていて勝手が分かっているからという理由で顔を見せていなかった。

伊勢屋のおかみが断りに来た。しがらみもあるから仕方なく出見世は出すけれども、あまり乗り気でないことは表情から分かった。

ただし、ほかの菓子屋は違った。

ことに、実演も行う見世のあるじはひときわ気が入っていた。

「うちはきんとんの紅葉山をやらせていただこうと思っています」

鶴亀堂のあるじの文吉《ぶんきち》が言った。

いちばんの年かさで髷には白いものも目立つが、顔色はいたっていい。書物をよく繙《ひもと》き、おのれも菓子の指南書を出したことがあるほどで、菓子屋仲間からその人徳を慕われている。

「それはようございますね。餡玉にきんとんのそぼろを貼りつけていく手際を見ると、お客さんも喜ばれるでしょう」

花月堂のあるじの三代目音吉が笑みを浮かべた。

「うちはへらで八本の筋をつけていくところをお見せします」

八福堂のあるじの留八《とめはち》が身ぶりをまじえた。

おのれの名にもちなむ八福餅を、一代で江戸の銘菓にのしあげた菓子職人だ。餡餅に八本の筋をつけた菓子で、深川の八幡宮へお詣りした土産に買う客がたんとい
る。

「はつねやは何の実演をするんだい？」

紅梅屋のあるじの宗太郎がたずねた。

「はい。迷いましたが、錦水という水羊羹に錦玉羹を散らしたものと、新たな木型を用いた滝の音という押し物を」

音松は答えた。

「若いから気張るねえ」

紅梅屋のあるじは笑みを浮かべた。

「うちは水飴を寒天で固めただけの飴で、お見せするような芸がございませんで」

大門の寿庵のあるじの甲次郎《こうじろう》が言った。

小柄でいたって腰の低い職人だ。

「手前どもも抹茶羊羹一つであきないをさせていただいております。羊羹を溶かして流しこむところまでしつらえを運んでお見せするわけにはまいりませんので」

駿河屋のあるじの善右衛門《ぜんえもん》が言った。

大店《おおだな》が多い京橋の裏通りに粋な抹茶色ののれんを出している。手土産ならまず駿河屋の抹茶羊羹と名が挙がるほどの名店だ。

「そろそろ昼餉《ひるげ》の支度が調いますので、二階の広間のほうへ。幟もできておりますので」

世話人の百々逸三が身ぶりをまじえた。

「僭越《せんえつ》ながら、昼餉は手前どもが持たせていただきます」

後ろ盾の和泉屋の番頭が言った。

「それはありがたいですね」

「では、さっそく二階へまいりましょうか」

「そういたしましょう」

見本市に出る菓子屋のあるじたちは、松屋の二階に上がった。

四

御菓子見本市

躍るような字で、幟にそう記されていた。

「この字は先生が？」

鶴亀堂のあるじが百々逸三に訊いた。

「いえいえ、書家の先生にお頼みしました」

世話人は答えた。

「こちらもいい按配だね」

紅梅屋のあるじがもう一つの小ぶりの幟を指さした。

思ひ出の菓子　つくり〼

刷り物と同じ言葉が記されている。

「これは、はつねやさんの受け持ちですね」

材木問屋の番頭が言った。

「さようです。どういう『思い出の菓子』が出るのか、そもそも頼みがあるのか、何かと不安ばかりなんですが」

音松は包み隠さず答えた。

「もし手が余ったら、われわれも知恵を出すから」

紅梅屋の宗太郎が言った。

「三人寄れば文殊の知恵、菓子屋は八人もいるんだからね」

三代目音吉も励ますように言った。

「頼りにしております」

音松は笑みを浮かべた。

ここで膳が来た。

鮎飯に鮎の背越し、鰻の蒲焼きに肝吸いがついた堂々たる膳立てだ。

「これは来た甲斐がありましたね」

「さすがは老舗の味です」

「和泉屋さんにごちそうになりました」

菓子屋のあるじたちは満足げに箸を動かしていた。

最後に、松屋のおかみがもうひと品運んできた。

「お料理の終《しま》いに甘味をお出しすることが多いのですが、本日はお菓子屋さんの集まりということで、角が立たぬようにお菓子はやめにして、焼き柿に味醂《みりん》をかけたものとさせていただきました。これで甘味をお楽しみいただければと」

おかみが如才なく言った。

「いまは亡き母と旅をして一緒にいただいたもので」

「美濃で食べた柿羊羹は思い出の菓子です。いまは亡き母と旅をして一緒にいただ

いたもので」

駿河屋のあるじがいくらか遠い目で言った。

「ああ、大垣でつくっている柿羊羹ですね。あれはおいしいです」

諸国の菓子にくわしい鶴亀堂の文吉が言った。

「というわけで、どうぞごゆっくり」

おかみが下がったあと、みなで焼き柿を賞味した。

柿を焼くとことのほか甘くなる。そこへ上等な味醂を回しかければ、これはもう

申し分のない甘味だ。

「しかし、柿羊羹が思い出の菓子でも、すぐにはつくれませんね」

百々逸三が言った。

「柿を仕入れて、羊羹もつくらなきゃなりませんから」

和泉屋の番頭が言う。

「もしその場でおつくりできないものなら、後日という手も考えています」

音松が言った。

「それがいいかもしれないな」

花月堂のあるじが言った。

「はっきり柿羊羹と分かってるのならいいけれど、もっとあいまいな『思い出の菓子』ということもあるだろう」

紅梅屋の宗太郎が言った。

「そういうときは年寄りを頼ってください」

鶴亀堂の文吉が柔和な表情で言った。

「そうさせていただきます。どうかよしなに」

音松はていねいに頭を下げた。

五

いよいよ見本市が近づいた日――。

田端村から二人の兄が出てきて、甘藷の水飴を届けてくれた。

大人向けの松葉焼きには砂糖を用いるが、わらべ向けはこちらだ。むろん甘みは物足りないが、どこかなつかしい味がする。

「ほう、菓子の見本市かい。この刷り物を見たらみな喜ぶよ」

長兄の正太郎《しょうたろう》が言った。

「おとっつぁんもおっかさんも達者だからよ、竹《たけ》」

次兄の梅次郎《うめじろう》がそう呼びかけた。

師匠の三代目音吉から「音」の一字をもらって音松と名乗っているが、本名は竹《たけ》松《まつ》だ。兄たちはむろんそちらの名で呼ぶ。

「刷り物はまだあるから、田端村で配っておくれよ」

音松は二人の兄に言った。

「そうかい。三日やるんなら、行きたいっていうやつもいるかも」

正太郎が日焼けした顔をほころばせた。

「おめえの晴れ姿だからな」

梅次郎も和した。

「なに、菓子をつくるだけだよ」

と、音松。

「江戸で八軒に入る菓子屋なんだからほまれだよ」

「鼻が高いぜ」

二人の兄が言った。

「では、見本市でお出しするお菓子をどうぞ」

おはつが盆を運んでいった。

名物の若鮎と押し物の滝の音、それに、水羊羹に錦玉羹を品よく散らした錦水だ。

むろん、茶もついている。

「おお、こりゃぎやまんの器だな」

正太郎が驚いたように言った。

「落として割らねえようにしねえと」

梅次郎が恐る恐る錦水の器に手を伸ばした。

ここでおなみが奥から出てきた。昼寝から目が覚めたらしい。

「大きくなったな、おなみちゃん」

「おいちゃんら、憶えてるか？」

伯父たちが声をかけた。

「うん」

おなみはうなずいた。

「小さい看板娘なので」

おはつは笑みを浮かべた。

「看板娘も看板猫もいていいな」

物おじせず身をすりよせてきたきなこの首筋をなでながら、正太郎が言った。

「ああ、こりゃうめえや」

錦水を賞味した梅次郎が言った。

「押し物もいいぞ。見た目が良くて、味も良くて」

正太郎が太鼓判を捺《お》した。

「若鮎もうめえ。お客さん、大喜びだ」

梅次郎も笑みを浮かべた。

「思い出の菓子づくりもあるし、大変だけど気張ってやるよ」

音松は気の入った表情で言った。

「ああ、気張りな。見本市に来た客の思い出になるような菓子をつくれ」

長兄が情のこもった言葉をかけた。

「お客さんの思い出になるようなお菓子を」

おはつがうなずく。

「そうすれば、廻り廻ってまた客も増えるだろうしよ」

梅次郎も言った。

「精一杯やるよ」

はつねやの若きあるじは白い歯を見せた。

第五章　見本市開幕

一

「今日からいよいよ見本市だから、いい子にしてるんだぞ」

おなみを乗せた荷車を引きながら、音松が言った。

「売り子さんをしなきゃいけないからね」

おはつが笑みを浮かべた。

母のおしづに預けるという手もあったが、木型職人のつとめに支障が出ると困るから、面倒でも一緒につれていくことにした。

荷車には、あらかじめつくってきた錦玉羹と水羊羹、滝の音の木型と粉などの材料、それに、客に供するぎやまんの皿などを積みこんである。ぶつかって割れたりしないように、一枚ずつていねいに布で包んだからずいぶん時がかかった。

「坂にかかるぞ」

音松が後ろに声をかけた。

「はいよ」

巳之作が力をこめる。

引くだけでは大儀なので、手伝いの若者とおはつが後ろから押している。三人がかりでも坂にさしかかるとなかなかに大変だ。

それでも、雨が降らなかったのは幸いだった。雨に降られて道がぬかるんだら、行くだけで疲れ切ってしまうだろう。

「気張って」

おなみが声をかけた。

わらべは乗っているだけだから楽なものだ。

ようやく薬研堀が近づいてきたところで、花月堂の荷車に出くわした。大鍋などは松屋で借りるにしても、こちらも白玉汁粉の実演があるからかなりの荷だ。

「うちはせがれに実演をやらせるつもりだよ」

三代目音吉が言った。

さすがに老舗だから、あるじ自ら荷車を引いたりはしない。菓子の届け物と振り売りを担う卯吉《うきち》と寅助《とらすけ》という兄弟が息を合わせて引いていた。そろいの法被《はっぴ》に身を包んだ兄弟は錦絵に描かれたほどの男前だから人目を引く。

「それは晴れ舞台ね」

花月堂のあるじと一緒に歩いていた小吉に向かって、おはつは声をかけた。

「はい、気張ってやります」

老舗の跡取り息子はいくぶん硬い顔つきで答えた。

そうこうしているうちに、薬研堀の松屋に着いた。

「あっ、あれは」

巳之作が声をあげた。

「ずいぶんと派手だねえ」

三代目音吉があきれたように言った。

松屋の前で出迎えたのは、世話人の百々逸三だった。

戯作者は真っ赤な鯛のかぶりものをしていた。

二

「暑くないですか、先生」

花月堂のあるじが問うた。

「少々暑いですが、見本市を盛り上げるためにはこれくらいいたしませんと」

戯作者はそう言って笑った。

「では、会場のしつらえのほうを。何かございましたらお申しつけくださいまし」

裏方を担っている和泉屋の番頭が身ぶりをまじえて言った。

「どうぞよしなに」

おはつが笑顔で頭を下げた。

それから、しつらえにかかった。

左は花月堂、右は鶴亀堂。ゆかりの老舗にはさまれているから心強い。

思ひ出の菓子　つくり〼

そう記された幟も立てた。

「うちは梅が香餅を売るだけで相済まないくらいだね」

紅梅屋のあるじが言った。

実演がなければ、運んできた菓子を売るだけだから存外に暇だ。

そうこうしているうちに、一軒ずつ菓子屋が集まってきた。

「気張ってやりましょう」

鶴亀堂の文吉が笑顔で言った。

「競い合って、お客さんに喜んでいただきましょう」

三代目音吉が言葉を返した。

実演はないが、大門の寿庵と京橋の駿河屋も姿を見せた。

ともに自慢の品を並べる。

松屋の広間は障子を外すとずいぶん広い。ただし、実演をする菓子屋のなかには、花月堂のように火を使うところもある。実演の四軒は一階の板の間にまとめ、販売のみを行う残りの四軒の出見世を二階に開くことにした。

「新たな刷り物も用意しましたので」

百々逸三が紙をひらひらさせた。

一階と二階、どこにどういう出見世があるか、どんな実演をしているか、それを見ればひと目で分かるようになっている。

「さすがですね」

鶴亀堂のあるじが満足げに言った。

「案内のほうは、やつがれと和泉屋の番頭さん、それに松屋の女衆にも手伝っていただきますから万全でしょう」

鯛のかぶりものをした男が言った。

しんがりに伊勢屋が姿を現した。

弟子とともに薄皮饅頭を運んできたあるじの丑太郎はあまりやる気のなさそうな顔つきをしていた。無下に断るわけにもいかないから、しぶしぶ参加してやったという雰囲気だ。

そんなわけで、菓子屋によって気の入りようは違ったけれども、江戸で初めての菓子の見本市は無事幕を開けた。

三

「錦水いかがですかー。水羊羹に錦玉羹を散らしたひと品ですよー」

おはつが声を張りあげた。

「いかがですかー」

おなみも母にならって売り声をあげる。

「これはまた小さい売り子さんだね」

「なら、一つもらおうか」

客から手が伸びた。

「へい、ありがたく存じます」

巳之作が振り売りで鍛えたいい声を発した。

「こちらは白玉汁粉でございます」

「紅葉煎餅もあきなっておりますよ」

花月堂からも声があがった。

「甘くておいしい八福餅でございます」

八福堂も負けじと言う。

江戸銘菓、八福餅。

そう染め抜かれた紺の法被をまとったあるじが、鮮やかな手つきでへらを動かしていく。

「きれいに筋をつけていくんだね」

「さすがにうまいもんだ」

客がうなる。

鶴亀堂も負けてはいなかった。

餡玉に紅や黄色のきんとんを貼りつけ、紅葉山をかたどっていく。あるじの文吉と弟子の職人の二人がかりで、次々に菓子をこしらえていた。

「わあ、きれい」

「食べるのがもったいないくらい」

ほうぼうで刷り物が配られたおかげか、見本市の出足は好調だった。

会場には誘い合って来たとおぼしい娘たちの姿もあるから、おのずと雰囲気が華やぐ。

「お二階でも菓子をあきなっておりますので」

「いずれ劣らぬ銘菓ぞろいです」

松屋の女たちが笑顔で案内する。

そちらのほうもなかなかの入りだった。

実演はないから地味ではあるが、駿河屋などは試し食べの抹茶羊羹の切れ端を周到に準備し、客に喜ばれていた。

紅梅屋はその名と同じ紅梅色の座布団を持ちこみ、茶とともにその場で食べられるような工夫を凝らしていた。このあたりは知恵くらべだ。

昼餉は松屋の折詰弁当だった。

錦糸玉子を散らし、海老や松茸などを華やかにあしらった散らし寿司の弁当だ。

「ほう、これは豪勢な」

「さすがは和泉屋さんが後ろ盾ですね」

ほうぼうからそんな声があがった。

「これだけで来た甲斐がありました」

巳之作は恵比須顔だ。

その和泉屋のあるじの孝右衛門は午後に姿を現した。

「なかなかの盛況だね、番頭さん」

木場の材木問屋のあるじは満足げに言った。

「ええ。天候にも恵まれたもので」

番頭が答える。

「実演のお菓子は何かいかがですか？」

百々逸三がにこやかに訊いた。

「そうだねえ……では、そのぎやまんの皿に盛られているものを」

孝右衛門が所望したのは、はつねやの錦水だった。

「承知しました」

音松がさっそく手を動かした。

評判は上々だった。

「ぷるんとしていておいしいね。金箔などをあしらえば、さらに見栄えがするだろうけど」

和泉屋のあるじが言った。

「それは経費《かかり》がかさんでしまいますよ、旦那さま」

番頭が言い返す。

「はは、それもそうだね。ところで……」

孝右衛門は幟を指さした。

「こちらの思い出の菓子のほうはどうだい。だれか相談に来たかい？」

見本市の後ろ盾になっている男が問うた。

「いまのところ、まだどなたも」

音松は包み隠さず答えた。

「そうかい。まあ三日あるから、そのうちだれか来るだろう」

和泉屋のあるじは笑みを浮かべた。

四

ありがたいことに、はつねやの常連も足を運んでくれた。

「たまににぎやかなところへ来ると、なんだかそわそわするね」

隠居の惣兵衛が言った。

「盛況で何よりです」

一緒に来た俳諧師の中島杏村は、花月堂の白玉汁粉を手に持っていた。

今日は動くと暑いくらいで、はつねやの錦水のほうに分がいい陽気だが、老舗の汁粉のほうを求める客も多かった。

なかにはすべての実演を廻る客もいた。見本市に来られなかった者への土産に菓子を買う客も多い。おかげで、はつねやの若鮎は早くも売り切れたほどだった。

「明日はもっとたくさんつくってこないと」

おはつが言った。

「そうだな。さらに早起きだ」

音松がすぐさま答えた。

おすみ、おみよ、おたえ、習いごとの三人娘も顔を出してくれた。

「巳之作さん、ちゃんとやってる？」

おすみが気安く声をかける。娘たちのなかではことに仲が良く、ときどき二人だけで楽しげに立ち話をしていることもあった。

「やってるよ。早く食べないと売り切れちゃうよ」

巳之作は白い歯を見せた。

「今日はよそのお菓子も食べようと思って」

「錦水はもういただいたから」

娘たちがさえずる。

「なら、花月堂のお汁粉は？」

おはつが水を向けた。

「ああ、そうですね」

「お汁粉、お汁粉」

娘たちは花月堂の実演のほうへ向かった。

「退屈じゃないかい、おなみちゃん」

ひとわたり出見世を見てきた隠居が声をかけた。

「うん」

おなみがこくりとうなずく。

「きなこがいないから、ちょっと寂しそうですけど」

と、おはつ。

「はは、猫をつれてくるわけにはいかないからね」

隠居が笑った。

百々逸三は中島杏村とひとしきり相談をしていた。見本市の模様はかわら版にまとめて売り出す。どうやらそこに載せる発句を依頼したようだ。

そんな調子で、盛況のうちに初日がそろそろ終わろうとしたころ、一人の着流しの武家がふらりと姿を現した。

「と、殿……」

鶴亀堂のあるじが思わず声を発した。

菓子の見本市を訪れたのは、紀伊《きい》玉浦《たまうら》藩主の松平伊豆守宗高《まつだいらいずのかみむねたか》だった。

五

「今日は忍びだ。その名で呼ぶでない」

着流しの武家がたしなめた。

「は、はい、相済みません」

鶴亀堂の文吉が頭を下げた。

「どうだ、実演のほうは」

松平伊豆守が声をかけた。

春の腕くらべで勝ちを収めた鶴亀堂は、紀伊玉浦藩の御用達に取り立てられた。判じ役の一人がお忍びの藩主で、そのほうびとして御用達の菓子屋になったのだ。日頃から菓子を納めているから、気心は知れている。

「はい、紅葉山はもうそろそろ本日の終いもので」

文吉が答える。

「そうか。では、一つくれるか」

お忍びの大名が言った。

「かしこまりました」

鶴亀堂のあるじは笑みを浮かべて、さっそく手を動かしだした。

「そちらはどうだ、はつねや」

松平伊豆守が音松に声をかけた。

「ありがたいことに、初日は売り切れました」

音松はいくらかすまなそうに答えた。

「実演の錦水も終わりか」

お忍びの大名は刷り物を手にしていた。

紀伊玉浦藩はさほどの石高ではなく、海に面した田舎のほうだが、松平伊豆守は江戸の藩邸育ちゆえ上方の訛りはない。

「相済みません。売り切れてしまいまして」

今度はおはつが頭を下げた。

「そうか。それは残念だな」

お忍びの大名が言う。

「残っておりますのは鶴亀堂だけで、花月堂の白玉汁粉も、八福堂の八福餅も本日は売り切れでございます」

和泉屋の番頭が腰を低くして告げた。

あるじの孝右衛門はすでに会場を後にしている。あとは最終日の打ち上げの席に顔を出すらしい。

「藩邸は……いや、おれの屋敷はさほど遠からぬところにあるゆえ、天気が良ければまた出直してこよう」

着流しの武家が言った。

ここで鶴亀堂の紅葉山ができた。

「お待たせいたしました。餡玉にきんとんを貼りつけた紅葉山でございます」

あるじが皿をうやうやしく差し出した。

「おお、これは美しいな」

松平伊豆守は目を細くした。

「食べるのがもったいないという、もっぱらの評判で」

和泉屋の番頭が笑みを浮かべた。

さっそく匙で割り、口に運ぶ。

「うん、うまい」

お忍びの大名の顔がにわかにほころんだ。

六

「売れ残ったらどうしようかと思ったが、申し訳ないくらいだったね」

荷車を引きながら、音松が言った。

「売り切れて何よりですよ」

後ろから押しながら、巳之作が言う。

「寝ちゃったよ、おなみ」

おはつが指さした。

「疲れたんだろう」

音松がちらりと振り向いて言った。

持参した雨具にくるまって、わらべが寝息を立てている。

団子坂下まで戻ると、善助《ぜんすけ》の寿司の屋台が出ていた。

はつねやとは縁があった男で、いまはここに屋台を出している。稲荷寿司や玉子巻きなどもうまいが、いちばんの名物はしっかりたれを塗った大ぶりの穴子寿司だ。

「おそろいでどちらまで？」

善助が問うた。

「薬研堀で菓子の見本市があったので、出見世をしてきたんです」

音松は荷車を止めて答えた。

「さようですか。ここまで来たら、もうひと踏ん張りで」

寿司の屋台のあるじが励ました。

「三崎坂《さんさきざか》を上れば、はつねやまであと少しですからね」

おはつが言う。

「なら、腹ごしらえを」

巳之作が乗り気で言った。

「そうだな。荷車引きでおなかがすいたから」

音松も言う。

「なら、わたしも」

おはつも手を挙げた。

「承知しました。穴子がとくにうまいですよ」

寿司の屋台のあるじが笑顔で言った。

七

はつねやの面々は滞りなく見世に戻った。

ただし、のんびり休んではいられない。明日も見本市だ。仕込みにかからねばならない。

小豆を水に浸けるなどの作業を手分けして行い、あとは早起きして支度をすることになった。

「よし、今日はもういいぞ」

音松は巳之作に言った。

「承知で。湯屋へ行ってから長屋に戻りまさ」

若者が笑みを浮かべて答えた。

「お疲れさま」

「明日も頼むよ」

はつねやの夫婦が声をかけた。

さすがに疲れが出たのか、その晩、おなみに乳をやると、おはつはすぐ眠りに就いた。

そして、夢を見た。

見本市に父が来る夢だ。

ああ、おとっつぁんが来てくれた……。

夢の中で、あまりのなつかしさにおはつは涙を流した。

父の勘平は、母のおしづと一緒にはつねやの出見世にやってきた。

「うめえじゃねえか」

錦水を食すなり、父は言った。

「気張ってつくったので」

おはつは答えた。

「そうかい……気張ってやりな」

父は笑みを浮かべて言った。

耳の底に残っていた声だった。

気張ってやりな……。

その声だけが、かろうじて残っていた父の記憶だった。

そうか、あれはおとっつぁんが見本市に来てくれたときの言葉だったんだわ……。

夢の中で、おはつはそう思った。

やがて、夢の潮が引き、縞のようなものが流れたかと思うと、おはつはだしぬけに夢から覚めた。

まだあたりは暗かった。

おなみの寝息が聞こえる。

闇の中で、おはつは続けざまに瞬きをした。

いま見たばかりの夢を鮮明に思い出そうとした。

だが……。

たしかに夢に出てくれた父の顔はあいまいなままだった。

おはつはまだその顔を思い出すことができなかった。

第六章　見本市二日目

一

幸い、二日目も雨は降らなかった。

はつねやの荷車は無事、薬研堀の松屋に着いた。

「今日はかぶりものなしですか？」

出迎えた百々逸三に向かって、おはつがたずねた。

「ちと頭がかゆくなってしまったもので、今日はこれで」

世話人の戯作者は金箔を施した大きな扇子を手にしていた。

広げると、「千客万来」という字が見える。

「さようですか。どうかよしなに」

はつねやのおかみは、にこやかに言った。

二日目だから、どの菓子屋も勝手が分かっている。初日は早々と売り切れた見世が多かった。八福餅の八福堂などは、人手まで増やして多めに運んできた。

「二日目で客足が落ちるかもしれませんが、足りないよりは余るほうがいいので」

八福堂のあるじが笑みを浮かべた。

「うちもそうしました。気を入れてまいりましょう」

花月堂の三代目音吉が両手をぱんと打ち合わせた。

もう一軒の実演の見世、鶴亀堂の文吉もいい顔つきをしている。

「では、見本市の二日目の始まり、始まりー」

百々逸三がおどけた声を張りあげた。

ありがたいことに、開くのを待っていてくれた客もいた。

「つるりとして冷やっこい錦水でございますよ」

「押し物の滝の音に、香ばしい若鮎もございます」

はつねやの二人は、ここぞとばかりに呼びこみをした。

「あったかい白玉汁粉でございます」

花月堂からも負けじと声が響く。

「えー、きれいなきんとんの紅葉山の実演販売を行っております。どうぞお立ち寄りくださいまし」

鶴亀堂のあるじがよく通る声を発した。

こうして、見本市の二日目が始まった。

二

「盛況で何よりですね」

林一斎がそう言って、錦水を匙ですくって口中に投じた。

「お見世でいただくのとはまた違った味わいがあります」

その妻の千代も笑みを浮かべた。

今日は寺子屋が休みの日だ。書肆《しょし》へ寄りがてら、そろって見本市に顔を見せてくれた。

「ありがたく存じます。おかげさまでよく出ております」

おはつは頭を下げた。

「おなみちゃんもえらいね。売り子さんをしてるのね」

千代が頭をなでてやった。

「いろんな人に抱っこしてもらって」

ほかの客に錦水をつくりながら、音松は言った。

「ずっとやる」

おなみがだしぬけに言った。

「ずっとは無理よ」

と、おはつ。

「毎日、谷中から荷車を押して通ってたら疲れちゃうよ」

巳之作も笑って言った。

「教え子さんにお土産は？」

音松がたずねた。

「これから二階で買ってこようかと。はつねやさんじゃなくて悪いんですが」

林一斎が答えた。

「うちのだと代わり映えしませんから」

と、音松。

「寿飴や抹茶羊羹は日保ちがするのでちょうどいいかと」

おはつが勧めた。

「なら、ちょっと覗いてきます」

千代がさっそく言った。

ややあって、学者夫妻は手に包みを提げて戻ってきた。

「目移りがしたので、四軒とも買ってきましたよ」

千代が包みをかざした。

「どこも銘菓ですものね」

おはつが笑みを浮かべた。

同じ谷中の伊勢屋とはいろいろあったが、名物の薄皮饅頭は上品な美味だ。

「教え子はさぞ喜ぶでしょう」

総髪の学者が満足げに言う。

「なら、気張ってくださいましな」

千代がおはつに言った。

「ありがたく存じます。気張ってやります」

おはつはまた頭を下げた。

三

「あとは思い出の菓子にお客さんが来ればいいね」

二階の広間で昼餉の折詰弁当を食しながら、紅梅屋のあるじの宗太郎が言った。

「もう明日で終わりですが」

音松が箸を止めて首をひねった。

「まあ、もし来なくてもあきないに差し支えはありませんから」

百々逸三が言った。

「刷り物もおかげで埋まりましたし」

和泉屋の番頭も和す。

「果報は寝て待てですよ」

鶴亀堂の文吉がそう言って、折詰の炊き込みご飯を胃の腑に落とした。

松屋の折詰弁当は今日も豪華だった。

すべて二重で、紅白の紐で結んである。茸の炊き込みご飯は、松茸と舞茸と占地《しめじ》を用いていた。茸は三種を用いると、互いの味が引き出されてことのほかうまくなる。脇役の油揚げも味を吸って美味だ。

おかずのほうは、鰻の蒲焼きに海老のうま煮、里芋と椎茸の煮つけに大根菜の胡麻和えなどが彩り豊かに盛りつけられている。見てよし食べてよしの弁当だ。

「さあ、このあとも気張らないとね」

花月堂のあるじが言った。

今日は昨日より冷えるため、白玉汁粉がよく出ている。多めに仕込んできた甲斐があったから、三代目音吉は機嫌の良さそうな顔つきをしていた。

「気張ってやりましょう」

音松は笑顔で答えた。

折詰弁当は売り場のほうにも届けられた。

巳之作は例によって満面の笑みだ。

「もう毎日が見本市でいいよ」

手伝いの若者が言う。

「そうだな。疲れも吹き飛ぶよ」

花月堂の跡取り息子の小吉も箸を動かしながら言う。歳が近いし、巳之作はもともと花月堂で修業をしていたから気心は知れている。

「炊き込みご飯、食べてみる？」

おはつがおなみに問うた。

当時の子はかなり遅くまで乳で育ったものだが、少しずつ食べる稽古もしていた。

「うん」

わらべがうなずいた。

「よくかんで食べるのよ」

母が手本を示す。

おなみがうなずき、わらべなりに気張って口を動かしはじめた。

「そうそう、上手だね」

ほかの見世の売り子まで笑顔の花を咲かせた。

四

お忍びの大名は二日目もやってきた。

今度は供の者も連れていた。結城紬《ゆうきつむぎ》だろうか、光沢のある粋な着流しだ。

「これも美味だな」

紅梅屋の梅が香餅を食しながら、松平伊豆守が言った。

今日はまず二階を廻り、実演を行う一階へ下りてきたところだ。

「梅を用いておりますね」

供の者が舌だめしをしてうなずく。

「紅梅屋のあるじは手前の義父に当たりますが、良い梅を選んで用いておりますので」

花月堂のあるじが告げた。

「さもありなん、という味だ」

紀伊玉浦藩主が満足げに言った。

「例の話はいかがいたしましょうか」

供の者が声を落として問うた。

「べつに急ぐ話ではないからな」

梅が香餅を胃の腑に落とすと、お忍びの藩主は音松のほうを見た。

「つかぬことを訊くが」

そう前置きしてから続ける。

「そなたの見世では、梅や柿を使った菓子をつくったりするか」

「はい。梅干しを漬けたり、吊るし柿をつくったりして、それを刻んだものを羊羹に入れると風味豊かでご好評をいただいております」

音松が緊張気味に答えた。

「そうか。羊羹は間違いのないところだな」

お忍びの藩主はうなずいた。

「では、羊羹にいたしますか」

供の者が訊く。

「まださようなところまでは進んでおらぬ。話を進めるのが早すぎるぞ」

松平伊豆守がたしなめた。

「はっ、相済みません」

供の者は頭を下げた。

さて、いかなる話なのか。はつねやの二人には見当がつかなかった。どこぞの土産に羊羹をという話なのかとも思ったが、藩主が土産を提げていくのも腑に落ちない。

「今日は汁粉があるな。まずは一杯くれ」

お忍びの藩主が言った。

「承知しました」

三代目音吉が一礼する。

せがれの小吉にも、着流しの武家の正体は告げてある。汁粉をよそう小吉の手はいくらかふるえていた。

「うむ。これはうまい」

松平伊豆守は満足げに言った。

「白玉がねろねろしていてうまいですね」

供の者も笑みを浮かべた。

「むやみに甘からず、良き味だ」

紀伊玉浦藩主がほめた。

「ありがたく存じます」

花月堂のあるじとつくり手のせがれが同時に頭を下げた。

「錦水はまだあるな？」

松平伊豆守が音松に問うた。

「はい、ございます」

音松はぎやまんの皿を手で示しながら答えた。

「ならば、最後に食すことにしよう。いまあたたかいものを胃の腑に入れたばかりだからな」

着流しの武家が笑みを浮かべた。

「今日はまだありますので。滝の音もおつくりします」

おはつが笑顔で答えた。

汁粉に続いて、お忍びの大名は八福餅を賞味した。

「これも美味である」

機嫌のいい声が響く。

「恐れ入ります」

八福堂のあるじは頭を下げると、額の汗をさりげなく手でぬぐった。

鶴亀堂の紅葉山は昨日も食したし、列もできているから見合わせ、お忍びの藩主ははつねやの列に並んだ。

おはつと音松は思わず顔を見合わせた。殿様に並んでもらうのはいかがなものかと思ったのだ。

「あとでよい」

それと察して、松平伊豆守が右手を挙げた。

「民のことをまず慮《おもんぱか》るのが、わが殿ですから」

供の武家がぽろりとそうもらした。

お忍びの藩主がわざとらしい咳払いをする。

音松よりいくらか年上の武家は、しまったという顔つきで黙りこんだ。

順が来た。

「菓子もいいが、器もいいな」

錦水をかざして、松平伊豆守が言った。

「千鳥屋《ちどりや》という名店から仕入れたもので」

音松が笑みを浮かべた。

「いかなる器に盛るか、それによって趣の良し悪しが変わる。これはぎやまんの器がうってつけだ」

お忍びの藩主はそう言って、匙ですくった錦水を口中に投じた。

「うむ。さすがは、はつねやという味だな」

その言葉を聞いて、おはつはほっとしたように帯に手をやった。

音松は木型に粉を入れ、滝の音をつくりはじめた。押し物はできあがるまで時がかかるので、ここぞという場合だけの実演だ。

「せっかくだから、できあがりを食していくぞ」

松平伊豆守が言った。

「承知しました。しばしお待ちくださいい」

音松は気の入った声で答えた。

ややあって、木型から押し物が外され、滝の音ができあがった。

「ほう、これは手わざだな」

紀伊玉浦藩主が目を瞠《みは》った。

「匠《たくみ》の技でございますね」

供の武家が言う。

「食すのがもったいないくらいだ」

着流しの武家が言った。

「どうぞ召し上がってくださいまし」

おはつが笑顔で勧めた。

「うむ」

一つうなずくと、お忍びの藩主は滝の音の紅葉のところを折って口中に投じた。

「……うまい」

松平伊豆守が声を発した。

それを聞いて、はつねやの夫婦の顔にほっとしたような笑みが浮かんだ。

五

紀伊玉浦藩主が見本市の会場から去ったあと、ほどなくして思いがけない客が現れた。

「まあ、おっかさん」

おはつは声をあげた。

「木型の晴れ舞台でもあるから、みなで来てみたの」

おしづは身ぶりをまじえた。

「これも学びになりますからね」

親方の徳次郎がていねいな口調で言った。

「なら、まず舌だめしを」

いちばん年若の弟子の信造が言った。

「ひとわたり見てからだよ」

跡取り息子の竜太郎がたしなめる。

「まず二階から見てくるか」

徳次郎が水を向けた。

「まだ売り切れませんので」

おはつが告げる。

「では、またあとで」

おしづが笑みを浮かべた。

いくらか経った。

木型は紅梅屋などにも納めている。親方はひとしきり話の花を咲かせてきたようだ。

「次があるのなら、木型の展示などもいいかもしれませんね」

戻ってきた徳次郎が世話人の百々逸三に言った。

「ああ、なるほど。それもいいですね」

戯作者はすぐさま答えた。

「このたびは江戸のおもだった銘菓ですが、日保ちがするのなら、日の本じゅうの菓子を集めてもいいかもしれません」

鶴亀堂の文吉が思いつきを口にした。

「夢は広がりますね。……はい、お待ちで」

おはつが竜太郎に錦水を差し出した。

続いて、ほかの面々にも渡す。

「ぷるんとしてておいしい」

竜太郎が笑みを浮かべた。

「ほんと、根津から来て良かった」

信造も満足げな顔つきだ。

「こちらのほうが眼目だよ」

徳次郎が滝の音を指さした。

「わたしが彫った木型だから」

おしづが自慢げに言った。

「どうですか、菓子の評判は」

親方が音松に問うた。

「おかげさまで上々です。若鮎も含めて、喜んでいただいています」

はつねやのあるじは答えた。

ここでおはつが母に近づき、お忍びの殿様が滝の音を食してくれたことを耳打ちした。

「そう。木型も喜ぶわ」

おしづは笑みを浮かべた。

「こちらのほうは人が来ないんだけど」

おはつが幟を指さした。

「思い出の菓子づくりね」

おしづはそう言って、滝の音を口中に投じた。

「たくさんは見えないと思ったけれど、だれも来ないのも寂しくて」

おはつはいくらかあいまいな顔つきで言った。

「まだあと一日あるから」

おしづが励ますように言った。

「ああ、そういえば……」

おはつは少し迷ってから告げた。

「おとっつぁんが夢に出てきてくれたの。見本市に来てくれる夢」

「そう」

母は茶を呑んでから続けた。

「当人が来たらびっくりだけど」

そう言って笑う。

「そもそも、おとっつぁんの顔がまだはっきりしないから」

おはつが言った。

「でも、夢の中じゃ分かったんでしょ？」

おしづがいぶかしげに問うた。

「そりゃ夢だから」

おはつは答えた。

「そういえば……」

おしづは遠い目つきになった。

「見本市じゃないけど、草市につれていってあげてたわね。『いろんな物を売ってるだろう』って言って」

母は声色を遣って告げた。

「そうなの……憶えてない」

おはつはゆっくりと首を横に振った。

「この子と同じくらいの歳だったからね」

おしづはおなみを指さした。

小さい売り子さんはさすがに退屈になってきたようで、しばしばあくびをしている。

「何か買ってもらったのかしら」

おはつがたずねた。

「そうねえ……」

おしづはしばし思案してから答えた。

「竹とんぼを買ってやってたわ。帰ってから長屋の裏で飛ばしてみせて」

母は手つきをまじえて言った。

「竹とんぼを」

おはつはうなずいた。

それでも、記憶がよみがえることはなかった。

父の顔もおぼろげなままだった。

六

見本市で母と交わした会話が呼び水になったのか、その晩、おはつはまた父の夢を見た。

場所は前回のような見本市ではなかった。

谷中のはつねやだった。

「いま帰《けえ》った」

そう言って戻ってきたのは音松ではなく、父の勘平だった。

「お帰りなさい」

夢の中で、おはつは父を出迎えた。

「土産だ。見本市で買ってきた」

父は包みを渡した。

相変わらず顔はあいまいだが、なぜか父だと分かった。

「お菓子？」

まだわらべのおはつが問うた。

はつねやは菓子屋ではなく、ただの長屋のようだった。父とともにここで暮らしているらしい。

「そうだ。竹とんぼっていう菓子だ」

父はそう伝えた。

包みを開けてみると、竹とんぼのかたちをした菓子が出てきた。

緑の色がついているが、押し物ではなかった。

見たところ、ぷるんとしているから水羊羹かもしれない。

「食ってみな」

父が言った。

「うん」

おはつはうなずき、竹とんぼを手に取った。

だが……。

菓子が急に動きだした。

「あっ」

夢の中で、おはつは声をあげた。

竹とんぼが空へ飛び立っていってしまったのだ。

「待って」

おはつは後を追った。

しかし、つかまえることはできなかった。

青い空へ、緑の竹とんぼは消えていった。

そのゆくえを目で追っているうち、だしぬけに夢の潮が引いた。

第七章　見本市三日目

一

朝のうちはぱらぱら降っていたので案じられたが、出るころには上がって晴れ間ものぞいた。

はつねやの面々は、また荷車を引いて薬研堀の松屋へ向かった。

「あと一日だから、気張ってやりましょう」

いつも明るい巳之作が元気よく言った。

「そうね。おなみちゃんもあと一日だから」

おはつがさとすように言った。

退屈だからきなこもつれていくと言ってぐずったから少し手を焼いた。見本市へ猫をつれていくわけにはいかない。途中で逃げたりしたら大変だ。

「うん」

荷車に乗ったわらべは、やや不承不承にうなずいた。

「竹とんぼは飛んでないな」

荷車を引きながら、音松が言った。

「お菓子の竹とんぼが飛んでたらびっくり」

おはつが笑みを浮かべた。

ゆうべ見た夢のことは伝えてあった。母のおしづによると、父が草市で買ってくれたのは立派でよく飛ぶ竹とんぼだったらしい。そうでなければ売り物にはならない。

そのうち、花月堂の荷車と一緒になった。今日も跡取り息子の小吉が白玉汁粉の実演を担う。初日は緊張気味だったが、場数を踏んで、だんだんいい顔つきになってきた。

「今日で終いだから、気張っていこう」

三代目音吉が声をかけた。

「はい」

「承知で」

はつねやの二人がいい声で答えた。

二

最終日にも思いがけない客が来た。

田端村から、二人の兄ばかりでなく、父と母も出てきたのだ。

これには音松もおはつも驚いた。

「足は平気だったかい、おっかさん」

音松は母のおたみを気づかった。

ひと頃は足の具合が芳しくなく、杖をついているという話を聞いて案じていたから、まさか出てきてくれるとは思わなかった。

「だいぶ良くなってね。まだ杖は使ってるけど」

おたみは手にしたものを少しかざした。

頑丈そうな造りの杖だ。

「途中から駕籠《かご》を使うかって訊いたんだけど」

長兄の正太郎が言った。

「わが足で歩くからって。達者なもんだよ」

次兄の梅次郎が笑みを浮かべた。

「大きくなったんだな。ほら、じいじだよ」

父の正作《しょうさく》がおなみに向かって手を伸ばした。

「ほんに、目元がおっかさんにそっくりで」

おたみが目を細めた。

「田端村に里帰りもしませんで、相済まないことで」

おはつが申し訳なさそうに頭を下げた。

祝言の宴には来てもらったが、おなみが生まれたり、はつねやを開いたりで、なかなか田端村までは行けなかった。はからずも見本市で孫の顔を見せることができて、おはつはほっとする思いだった。

「なに、気にすることはねえさ」

孫を抱いた正作が笑みを浮かべた。

日ごろから畑仕事に精を出してるから、腕は太く、顔はよく日焼けしている。

「それはそうと、肝心の菓子を食わねえと、おとっつぁん」

正太郎が言った。

「ああ、そうだな。なら、つくってくんな。……よし、いい子だ」

正作は孫を大事そうに戻した。

初めのうちは機嫌が悪そうだったおなみだが、祖父と祖母にかわいがられてすっかり笑顔になった。

滝の音に錦水、それに、はつねやで焼いてきた若鮎。田端村から出てきた家族はみな喜んで食べてくれた。

「この味なら大丈夫だな」

正作が太鼓判を捺した。

「ほんに、どれもおいしくて」

おたみも満足げに言う。

「今日はどうするんだい。どこかへ泊まるのかい」

音松がたずねた。

「いまから田端村へ帰るのは大儀だから、横山町《よこやまちょう》あたりの旅籠《はたご》に泊まろうと思ってな」

父が答えた。

「その前に浅草の観音さまへお詣りに」

母が言う。

「帰りに見世へ寄るからよ」

「土産をいろいろ頼まれてるんだ」

二人の兄が言った。

「ああ、待ってるよ」

音松は笑顔で答えた。

三

薬研堀からは繁華な両国橋の西詰が近い。田端村から出てきた音松の家族は、これから芝居を観るのだと言っていそいそと出かけていった。

最終日もなかなかの人出で、一階の実演も、菓子を売るだけの二階もにぎわっていた。

そのうち、早くも昼餉の時になった。

今日も松屋の折詰弁当だ。穴子の蒲焼きや海老や松茸などがふんだんに入った散らし寿司に舌鼓を打ちながら、菓子屋の面々はしばし歓談した。

「田舎から家族が出てきたそうだね。さっきおはつから聞いたが」

三代目音吉が言った。

「ええ。掛け違ってしまって、相済みません」

音松は頭を下げた。

「いや、わたしが用足しに出ていたんだから」

花月堂のあるじが答えた。

「土産に梅が香餅を買ってくださったよ。田端村への土産には日保ちがしないが、旅籠で食べる分には大丈夫だからね」

紅梅屋の宗太郎が笑みを浮かべた。

「手前どもの寿飴も買っていただきました」

寿庵のあるじが笑顔で告げた。

「寿庵さんの品は日保ちがするのでいいですね」

鶴亀堂の文吉が言う。

「ええ、ありがたいことで」

寿飴のつくり手が頭を下げた。

「ところで、思い出の菓子のほうはいかがです？　どなたか見えましたか？」

抹茶羊羹の駿河屋のあるじがたずねた。

「いまのところ、幟だけで」

音松はややあいまいな顔つきで答えた。

「幟を出しただけってわけですな」

何がなしに嬉しそうに、伊勢屋の丑太郎が言った。

「まあ、最後にどんでん返しがあるかもしれないから」

紅梅屋のあるじがとりなすように言った。

「そうなってもらいたいものですねえ」

花月堂のあるじが義父に向かって言った。

「本当にそう思います」

音松はそっと両手を合わせた。

四

願いは叶った。

最終日の午後になって、思い出の菓子づくりの客がようやく姿を現してくれた。供を連れた、武家の妻とおぼしいいでたちの女だ。

「刷り物を見て足を運んだのですが」

つややかな丸髷の女がそう言って、刷り物のあるところを指さした。

思ひ出の菓子　つくり〼

そう記されている。

「は、はい、いらっしゃいまし」

おはつはどぎまぎしながら答えた。

思い出の菓子づくりの客が来ないことを嘆いていたが、いざ来られてみるとすっかり気が動転してしまった。

「思い出のお菓子をご所望でしょうか」

音松がたずねた。

錦水づくりは巳之作でもできるから、任せてじっくりと話を聞くことにした。

「さようでございます」

武家の妻は答えた。

「そちらへご案内したらどうだい」

花月堂のあるじが手つきで示した。

会場の端のほうに長床几がいくつか置かれている。見本市の客がゆっくり菓子を味わえるようにという配慮だ。ちょうどそこが一つ空いたところだった。

「さようですね。こちらへどうぞ。お茶とお菓子をお持ちしますので」

おはつが案内した。

ほどなく、支度が整った。

はつねやの二人は、思い出の菓子づくりの客の話を聞いた。

武家の妻の名は智佐《ちさ》。いまは交代寄合《こうたいよりあい》の家に嫁ぎ、子も三人いるという話だった。

「思い出の菓子は、父が長崎の土産にくれたものです」

　智佐は言った。

「長崎でございますか」

　音松が少し驚いたような顔つきになった。

　ずいぶん遠いところだ。

「はい。父は長崎奉行所につとめていたもので」

　智佐はそう明かした。

「長崎のお奉行だったので？」

　おはつが目を瞠った。

「いえいえ、ただの同心です。十人ほどいたなかの一人で」

　智佐はあわてて言った。

「江戸から長崎へいらっしゃったわけですね？」

　音松が問うた。

「さようです。長崎奉行のもとでつとめをするために、江戸から一人で赴いたと聞いています」

智佐は答えた。

「そのお父さまのお土産が思い出のお菓子なんですね？」

おはつがたずねた。

「そうです。父は長崎から戻ってほどなくしてはやり病に罹り、若くして亡くなってしまったものですから」

智佐はそう答えて、ゆっくりと茶を啜った。

「さようでしたか」

おはつはしんみりとした表情で言った。

「物心つくかつかぬかのころでしたから、父の記憶はあいまいなのですが、お土産のお菓子がおいしかったことは妙に憶えておりましてね」

智佐はいくらか遠い目で告げた。

「わたしも幼いころに父が亡くなって、顔をはっきり憶えていないんです」

おはつもそう伝えた。

「さようでしたか。わずかな記憶だけが宝のようなものでしてね」

智佐は寂しげな笑みを浮かべた。

「で、どういう名のお菓子だったんでしょう」

音松が肝心なことを訊いた。

「それが……名は分からないのです」

智佐はあいまいな顔つきで答えた。

「お父さまは何もおっしゃらなかったんですね？」

今度はおはつがたずねた。

「言ったのかもしれませんが、あいにく憶えておりませんで」

智佐は答えた。

「どういうお菓子だったんでしょう」

音松が問うた。

「舶来物とおぼしき立派な器に入っておりました。まるい形で、さくっとしていて、とても甘かった記憶があります」

智佐はなつかしそうな表情で伝えた。

「さくっとしていたということは、焼き菓子かねえ」

話を聞いていた三代目音吉があごに手をやった。

「松葉焼きをまるくしたようなものでしょうか」

音松が首をひねる。

「松葉焼きと言いますと？」

智佐がたずねた。

「うちでお出ししている、松葉をかたどった香ばしい焼き菓子なんです。わらべ向けのあまり甘くない松葉焼きもあります」

おはつが答えた。

「おいらが振り売りをやってるんです」

巳之作が売り場から言った。

「たしかに、焼き菓子でした」

智佐が記憶をたどって告げた。

「鶴亀堂さん、いかがです。長崎のまるい形をした香ばしい焼き菓子に何か心当たりはないでしょうか」

花月堂のあるじが問うた。

「長崎の焼き菓子といえば、かすていらですが、あれはまるくはなかったような」

物知りの文吉が首をかしげた。

「かすていらのことは書物で読んだような気がします」

三代目音吉が言った。

「うちにも同じ書物があるかもしれませんね」

鶴亀堂のあるじはそう言うと、また紅葉山の実演の手を動かしはじめた。

「その書物には長崎のお菓子のことが書かれているのですか?」

智佐がたずねた。

「ええ。諸国の珍しい菓子を紹介した書物で、長崎由来のものについてもくわしく記されていました」

三代目音吉は答えた。

「それを読めば分かるかもしれませんね」

おはつが乗り気で言った。

「では、調べてつくっていただくことはできましょうか。もちろん、支度金は出させていただきますので」

智佐は供の者のほうを見た。

石高の高い交代寄合の家に嫁いでいるのだから、それなりのものは出してもらえそうだ。

「承知しました」

音松は請け合った。

「だったら、帰りにうちへ寄っていくといい。書物を貸してあげるよ」

三代目音吉は快く言った。

「ああ、それはありがたいです」

音松は笑みを浮かべた。

「お父さまの思い出のお菓子、必ずうちでおつくりしますので」

おはつは智佐に言った。

おのれも父の顔をどうしてもくきやかに思い出すことができない。このたびの頼みはとても他人事《ひとごと》とは思えなかった。

「どうかよしなにお願いいたします」

武家の妻はていねいに頭を下げてから続けた。

「その名前の分からないお菓子は、口の中でほろっと溶けて、そのあとに甘みが広がってきました。わらべながらに、それがとてもおいしかったことを憶えております」

「ほろっと溶けてから甘みが広がるんですね」

おはつが言った。

「ええ。またあのお菓子をいただければ、父の思い出も鮮やかになるかもしれません」

智佐は望みをこめて答えた。

「承知しました。気を入れて調べておつくりします」

はつねやのあるじが請け合った。

五

「盛況で何よりだったね」

見本市に顔を出した和泉屋の孝右衛門が言った。

「はい、天候にも恵まれまして、上々の入りでした」

世話人の百々逸三が笑みを浮かべた。

「今日もまた来てしまったな」

着流しの武家が言った。

紀伊玉浦藩主の松平伊豆守だ。

「このあと、ここで打ち上げの宴があるのですがいかがでしょう」

和泉屋のあるじがいくらか声を落として水を向けた。

「いや、今日はこれから帰って剣舞の試技を観なければならぬ」

お忍びの藩主はそう言うと、花月堂の白玉汁粉を胃の腑に落とした。

好評で多めに仕込んできたが、今日もそろそろ売り切れそうだ。

「さようですか。では、またの機に」

孝右衛門が言った。

「これほど好評ならば、また来年もやればいい」

松平伊豆守が言った。

「さようですね。江戸の菓子屋の励みにもなるでしょう」

見本市の後ろ盾が答える。

「それはもう、ずいぶんと励みになっております」

花月堂のあるじが言った。

「いい引札になりますし、実入りも悪くはなかったので」

早々と梅が香餅を売り切った紅梅屋のあるじの宗太郎が笑みを浮かべた。

「実演のやりすぎで手が痛くなりましたが」

鶴亀堂の文吉が指を振った。

「おまえはどうだった」

三代目音吉が跡取り息子の小吉に問うた。

「学びになりました」

小吉は素直に答えた。

連日、白玉汁粉をつくってきた若き菓子職人の顔は、心なしかたくましくなったように見えた。

「この味は後を引くな……もう一杯くれるか」

お忍びの藩主が椀を差し出した。

「承知しました」

小吉のいい声が響いた。

六

「なら、気をつけて」

音松が声をかけた。

「はい、気張って荷車を引いて帰りまさ」

巳之作が二の腕をたたいた。

「わたしは押し役で」

おはつが身ぶりをまじえる。

「すまないな。わたしはこれから打ち上げの宴があるから」

音松がわびた。

「それもつとめのうちだから」

おはつは笑みを浮かべた。

「でも、良かったですね、思い出の菓子のお客さんも来たし」

巳之作が白い歯を見せた。

「これから調べておつくりしなきゃいけないから」

音松は答えた。

「それに、お殿さまの仕事も入るかもしれないし」

おはつが少し声を落として言った。

お忍びの藩主は藩邸へ急いで戻ったが、帰りがけにまた声をかけてくれた。どうやらいずれはつねやをお忍びで訪れる肚づもりのようだ。

「御用達の菓子は鶴亀堂さんが引き受けておられるから、うちにも頼むのは妙な話だけれど」

音松は首をかしげた。

「もう一軒っていうことかもしれないわよ」

おはつが期待をこめて言った。

「もしそうならありがたいが」

ややけげんそうな顔で音松は答えた。

「帰る」

おなみがやや不満げに言った。

「ああ、帰ろうね。きなこも待ってるから」

おはつは笑みを浮かべた。

「きなこ、おなかすいたって」

おなみが言った。

「帰ったらご飯をあげないと」

と、おはつ。

「なら、行きましょう」

巳之作が声を発した。

「頼むぞ」

音松が声をかける。

はつねやの荷車は、ほどなく見本市の会場を後にした。

七

「では、ごゆるりとご歓談ください」

百々逸三が満面の笑みで言った。

松屋の広間で、これから見本市の打ち上げが始まるところだ。

鯛の活け造りや舟盛りなど、すでに料理が運ばれている。和泉屋が後ろ盾だから、なかなかに豪勢だ。

「無事に終わってよろしゅうございましたね」

鶴亀堂の文吉が言った。

「おかげさまで、ずいぶん品が出ました」

八福堂のあるじが笑みを浮かべる。

「これなら毎年出させていただきますよ」

「声をかけていただいてありがたいかぎりで」

駿河屋と寿庵も満足げだ。

初日と二日目はそそくさと帰っていった伊勢屋の丑太郎も、打ち上げの宴には顔を出していた。

「お疲れさまでございました。今後ともよしなに」

いくぶん緊張しながら、音松は酒をついだ。

「ああ、こりゃどうも」

伊勢屋は普通に受けて音松につぎ返した。

この様子なら、もう意趣返しを案じることはなさそうだ。もしそんなことをしたら、ここにいる江戸の名店のあるじたちが黙ってはいまい。

「やっぱり、押し物の鯛より本物のほうがうまいですね」

三代目音吉がそう言ったから、打ち上げの場に和気が漂った。

「そりゃそうですよ、花月堂さん」

「押し物の鯛は見ただけで味が分かりますから」

「まあ、海のないところでは、押し物の鯛や海老などで渇《かつ》を癒したようですが」

菓子屋のあるじたちがそんな話をしているところへ、また料理が運ばれてきた。

「おお、来た来た」

和泉屋の孝右衛門が軽く手を打ち合わせる。

「海老の話が出たら、すぐ本物が出ましたよ」

鶴亀堂のあるじが笑みを浮かべた。

運ばれてきたのは、海老の天麩羅だった。玉子を溶かしているのか、衣がわずかに光って見える。

天麩羅に舌鼓を打ちながら、さらに歓談は続いた。

「かわら版が刷り上がったら、仲間に届けてもらいますので」

百々逸三が笑顔で言った。

「うちからは、些少《さしよう》ですが労《ねぎら》いを」

和泉屋のあるじが番頭を見た。

番頭がさっと動き、袱紗に包んだものを渡していく。

「これはありがたいことで」

「ほんに、何から何まで」

音松を含む菓子屋のあるじたちは礼を述べた。

袱紗は持ち重りがした。

あとで中をあらためてみると、小判が一枚入っていた。

「では、毎年、秋の彼岸に」

後ろ盾の和泉屋が言った。

「この調子で、両国の川開きみたいな江戸の名物になればいいですね」

世話人の戯作者が上機嫌でまとめた。

八

はつねやのあるじは、帰りに上野黒門町の花月堂に立ち寄った。

三代目音吉から書物を借りるためだ。

「まあ、お疲れさまでした」

おかみのおまさが音松の労をねぎらった。

「小吉は？」

三代目音吉がたずねた。

「疲れたと言ってもう寝てますよ」

おまさが答えた。

「はは、三日のあいだ、ずいぶん気張ったからな」

花月堂のあるじが笑みを浮かべた。

「わたしも身のほうぼうが痛いです」

音松は軽く手首を押さえた。

「なら、忘れないうちに書物を取ってこよう」

三代目音吉が言った。

待っているあいだ、音松はおまさに思い出の菓子に客が来たという話を伝えた。

「同じものをつくれるといいわねえ」

花月堂のおかみが言った。

「ええ。とにかく書物をお借りして、いろいろ試してみます」

音松は答えた。

「待たせたね」

ややあって、三代目音吉が包みを提げて戻ってきた。

「これだよ」

風呂敷を開いて見せる。

書物の名はこう記されていた。


『諸国銘菓指南』

かなりの厚さの書物だ。

「噂には聞いていましたが、実物を見るのは初めてです」

音松の瞳が輝いた。

「あまり数が出なかったようだね。つくり方までくわしく書かれてるから役に立つはずだ」

花月堂のあるじが言った。

「お借りします。大事にしますので」

音松は気の入った声を発した。

第八章　焼きぼうろ

一

見本市の翌日から、またはつねやののれんが出た。

真っ先にくぐってくれたのは、田端村の家族だった。

昨日は見本市に顔を出してから、両国橋の西詰で芝居や見世物などを見物し、浅草の観音様へお詣りして門前で蕎麦を食べた。それから、横山町で旅籠を見つけ、一泊してから見世を訪れたという話だった。

「江戸はどうだった？」

土産にするという松葉焼きの仕込みをしながら、音松がたずねた。

「ああ、出てきて良かったよ」

母のおたみが笑みを浮かべた。

「芝居は良かったし、観音様にお詣りできたし」

父の正作も言う。

「旅籠の朝餉がうまくてよう」

「味のしみた豆腐飯で」

二人の兄が言った。

「それはよかったですね」

おはつが笑顔で言った。

「土産はいまから焼くんで」

音松が告げた。

「おう、ゆっくりやってくれ」

と、父。

「おなみちゃんの相手をしてるから」

母が嬉しそうに言った。

松葉が焼けるまでのあいだ、昨日来た思い出の菓子の客の話をした。

「本に書いてあるとおりにつくればいいんだろう？」

正作が言った。

「いや、書いてあるかどうか、まだこれから読むんだから」

音松は答えた。

「松葉とおんなじ焼き菓子だから、丸くつくればいいだけだったらいいんですけどねえ」

おはつが期待をこめて言った。

「当人が食ってみないことにはな」

茶を呑みながら、長兄の正太郎が言った。

「できあがったら届けるのかい」

次兄の梅次郎が訊く。

「これはというものができたら文で告げて、舌だめしにお越しいただくっていう段取りで」

音松は答えた。

「いいものができるといいねえ」

母が情をこめて言った。

「小さいころに父を亡くしたのはわたしも同じなので、思い出のお菓子をぜひおっくりしたいです」

おはつの言葉に力がこもった。

「気張ってやっておくれ」

正作が笑みを浮かべた。

ほどなく、はつねやにいい香りが漂いはじめた。

天火《てんぴ》（江戸時代のオーブンのようなもの）を用いた松葉が焼きあがったのだ。

「お土産はいくらでもお包みしますので、まずは舌だめしを」

おはつが笑顔で言った。

「なら、焼きたてを食おうぜ」

「匂いだけでうまそうだからな」

二人の兄が言った。

「座敷が狭くて相済みません。表の長床几でお召し上がりください」

おはつが身ぶりをまじえた。

「今日も雨は大丈夫なので」

元気な巳之作も笑みを浮かべた。

「ああ、焼きたてはうめえな」

正作が声をあげた。

「ほんと、甘くておいしい」

おたみが和す。

「おれらが届けてる甘藷水飴を使ったわらべ向けのとはひと味違うぜ」

正太郎がうなった。

「あれはあれで、飛ぶように売れますんで」

振り売りをしている巳之作が言った。

「この大人向けはいい砂糖を使ってるのかい」

正作が問うた。

「讃岐の和三盆で」

音松がすぐさま答えた。

「根津の山海堂《さんかいどう》っていう薬種問屋さんから仕入れてるんです」

おはつが告げた。

「そこの娘さんが菓子づくりの習いごとに来てくれてるんで」

音松が言葉を添えた。

巳之作と仲がいいおすみは、山海堂の次女だ。当時の砂糖は薬種問屋が取り扱っていた。

「そうかい。いろいろ縁が広がっていいわねえ……ああ、ほんとにおいしい」

母がまた笑みを浮かべた。

二

田端村の家族を見送ったあとも、客は次々にのれんをくぐってくれた。

菓子の見本市に出たという話は谷中じゅうに広まっている。なじみの梅寿司のあるじの梅造《うめぞう》は祝いの寿司まで届けてくれた。

「ああ、玉子がうまいですね」

さっそく賞味しながら、巳之作が言った。

「魚のだしを少し加えると風味が増すらしいよ」

音松が言った。

「へえ、寿司屋も菓子屋も知恵ですね」

若者は感心したような面持ちになった。

ややあって、巳之作はわらべ向けの松葉焼きの振り売りに出ていった。

入れ替わるように、長寿菓子と押し物の注文が入った。手が空いたら『諸国銘菓指南』を繙くつもりだったのだが、なかなかいとまがなかった。

「南蛮菓子だけでもいろいろ紹介されてるな」

やっと目を通しはじめた音松が言った。

「かすていらとか？」

おはつが訊く。

「ああ。金平糖とか、かるめいらとか」

音松は答えた。

かるめいらは、のちにカルメ焼きと呼ばれるようになる菓子だ。

さらに調べようと思ったところで、また人が二人来た。

一人は隠居の惣兵衛、もう一人は花月堂の番頭の喜作だった。

「刷りたてのを持ってきたよ」

喜作が刷り物を渡した。

「もうかわら版が？」

おはつが驚いたように問うた。

「早いのが取り柄だからね」

隠居が笑みを浮かべた。

さっそくあらためてみると、はやりの芝居や起きたばかりの事件に加えて、菓子の見本市のことも伝えられていた。

隠居と番頭には兎の練り切りと茶を出した。小上がりの座敷で賞味してもらっているあいだに、音松はかわら版を読みあげた。

江戸の菓子見本市、大にぎはひのうちに閉幕せり。

末広がりの縁起良き八軒の菓子舗が銘菓をあきなふ江戸の菓子見本市が、薬研堀の料理屋松屋にて開かれり。天候にも恵まれし彼岸の三日は、連日押すな押すなの大にぎはひなりき。

「そこまで混んではいなかったような」

おはつが首をひねった。

「大げさに書くのがあきないみたいなものだからね」

隠居が笑う。

「実演のことも書いてあるよ」

喜作が言った。

「あ、ほんとですね」

音松は続きを読んだ。

わけてもにぎはひしは菓子づくりの実演なり。鶴亀堂、花月堂、八福堂、はつねや、いづれ劣らぬ腕自慢、目の前で手妻《てづま》のごとくにつくり出される菓子に、おとづれし客はみな笑顔で舌鼓を打てり。

さらに、思ひ出の菓子づくりも盛況なり……。

「盛況って、お一人しか来なかったけど」

おはつがあいまいな顔つきで言った。

「せいきょうって？」

きなこを抱っこしたおなみが問う。

「たくさんお客さんが来ることよ」

母は答えた。

「本当は一人だけだったんだがな」

音松は笑って告げた。

「そうやって大げさに書くのがかわら版なんだよ」

番頭が教える。

「おなみちゃんにはまだちょっと難しいね」

隠居が猫を抱いた娘に言った。

おなみがこくっとうなずく。

「まあ何にせよ、師匠から書物をお借りしたので、これから繙いてつくってみます」

音松が言った。

「いいものができるといいね」

隠居が温顔で言う。

「このたびの思い出の菓子づくりがうまくいけば、看板や引札を出してもいいんじゃないかな」

喜作が知恵を出した。

「ああ、なるほど、いいかもしれませんね」

おはつは乗り気で言った。

「まずは初めの思い出の菓子をちゃんとつくりませんと」

音松が引き締まった顔つきで言った。

三

「なら、湯屋へ行ってから長屋へ戻ります」

巳之作が右手を挙げた。

「お疲れさま」

おはつが声をかける。

「ああ、お疲れさん」

音松が労をねぎらった。

だいぶ風が冷たくなってきたから、振り売りは大福餅になった。わらべ向けの松葉焼きも含めて、今日の振り売りもすべて売り切れた。

明日の仕込みを終えた音松は、夕餉もそこそこに書物を繙きはじめた。

『諸国銘菓指南』の南蛮菓子のくだりを入念に読む。

「これだろうな」

音松がぽつりと言った。

「見つかった？」

おはつが訊く。

「長崎の奉行所につとめる同心だった父親の土産で、まるい焼き菓子。甘くて口の中でほろりと溶ける」

智佐の言葉を思い返しながら、音松は言った。

「そういうお菓子が載ってるのね？」

おはつが歩み寄った。

「ああ、これだろう」

音松は指さした。

ぼうろ

見出しにはそう記されていた。

「ぼうろ、ね」

おはつがうなずいた。

「そうだ。もとは、ぽるとがるの宣教師が伝えた菓子なのだそうだ」

音松は書物から得た知識を伝えた。

「つくり方は？」

おはつが短く問うた。

「小麦粉に砂糖を入れてこね、まるいかたちにして焼きあげると書いてある」

音松は答えた。

「それなら、松葉焼きと同じね」

おはつの瞳が輝いた。

「そうだな。もとは船乗りが保存食にしたらしい」

音松は手ごたえありげな顔つきで言った。

「だったら、暇を見てつくって、うちのお客さんに舌だめしをしてもらいましょう」

おはつが案を出した。

「あさっては菓子の習いごともある。そこでつくってもらってもいいだろう」

音松が案を出した。

「ああ、そうね。それがいいかも」

おはつは軽く両手を打ち合わせた。

四

翌々日――。
三人の娘が習いごとに来た。

「今日は南蛮渡来の焼き菓子をつくってもらいます」

音松が言った。

「わあ、楽しみ」

「焼き菓子は初めてです」

「南蛮のお菓子も」

娘たちが口々に言った。

「これなら、おいらの腕でも負けないぞ」

巳之作が腕まくりをした。

わらべ向けの松葉焼きはかたちがいびつでも許されるから、このところは巳之作に焼きも任せている。おのれで焼いたものを振り売りに行くのだから、さらに気が入るようだった。

「見本市の思い出の菓子づくりに見えた、たった一人のお客さまにお出しするものだから、気を入れてつくってね」

おはつが言った。

「はいっ」

「承知しました」

「気を入れてつくります」

いい声が返ってきた。

「甘い焼き菓子だったそうだから、砂糖は使っていただろう。ただし、どういう砂糖かは分からない。そこで、上等な讃岐の和三盆と、いま少し落ちる砂糖、二種類で試してみることにした」

音松はきびきびとした口調で言った。

「うちで扱ってる和三盆ですね？」

おすみが言った。

「おすみちゃんとこのは、ことに甘くておいしいから」

巳之作が笑みを浮かべた。

「うちでつくってるわけじゃないけど」

おすみが答えた。

江戸には砂糖屋もあるが、はつねやではむかしどおり薬種問屋から仕入れている。讃岐の和三盆から舶来の白砂糖まで、山海堂の品には定評があった。

「松葉と違って、まるいかたちにするだけだから簡単そうだが、気をつけていないと手にくっついてしまう。そこで……」

はつねやのあるじはあるものを示した。

「これは……胡麻油ですね？」

おみよが問うた。

「香りで分かるわ」

おたえも言った。

「そうだ。これを少し手のひらに垂らしてからぼうろをまるめれば、手につかないし、いくらかだが風味も出る」

音松はそう教えた。

「じゃあ、やってみます」

おすみが真っ先に言った。

これまでの練り切りなどに比べれば、さほど難しい菓子ではない。娘たちはたちどころにきれいなかたちのものを仕上げた。

「巳之作さんの、ちょっと分厚いわよ」

おすみが指さして言った。

「もうちょっと薄くしな」

音松も言う。

「へい、相済みません」

気のいい若者は髷に手をやった。

あとは天火で焼きあがるのを待つばかりだ。抹茶羊羹と落雁を食しながら、娘たちは長床几に座ってしきりに語らっていた。

それによると、おすみはこのところ巳之作と芝居や見世物小屋へ行ったりしているらしい。そういえば、休みの日が近づくたびに若者は何がなしにそわそわしはじめる。若い二人はだいぶいい仲になっているようだ。

「よし、焼きあがったぞ」

音松が声を発した。

「わあ、いい香り」

「さっそく舌だめしを」

「お茶は持っていきましょう」

はつねやは一段とにぎやかになった。

五

「こちらが和三盆、こちらがただの砂糖だ」

音松が焼きあがったぼうろを手で示した。

「おいしそうね」

おはつが笑みを浮かべる。

「おいしい？」

おなみが無邪気に問うた。

「余ったらあとであげるから」

おはつが言った。

「うん」

わらべが元気よくうなずいた。

「じゃあ、まずただの砂糖から」

「いただきます」

娘たちが思い思いに手を伸ばした。

「ああ、うまい」

真っ先に食した巳之作が声をあげた。

「ほんと、さくさくしておいしい」

おすみが笑みを浮かべる。

「焼きたてだから香ばしいし」

おみよがうなずいた。

「南蛮菓子っていう感じがする」

おたえがじっくりと味わってから言った。

「では、和三盆のぼうろのほうも舌だめしを」

音松が身ぶりで示した。

「はいっ」

娘たちの声がそろった。

「ちょっとわたしも」

おはつも手を伸ばした。

あまりいい香りがするから、こらえきれなくなったのだ。

さくっと割って口中に投じ、味わいながらかんで胃の腑に落とす。

「……ああ、おいしい」

少し遅れて、甘みが伝わってきた。

悦びの味だ。

「ほんと、おいしいですね」

「どっちもおいしい」

娘たちも上機嫌だ。

「和三盆のほうが大人好みかな」

おのれも食べくらべをしてみた音松が言った。

「そうね。通好みの甘さかも」

おはつがうなずいた。

「わたしも」

おなみが手を伸ばした。

「じゃあ、割ってあげるから、ゆっくり口の中に含んで、やわらかくなってからかんで食べるのよ」

おはつが教えた。

「うん」

わらべはこくりとうなずいた。

「これがお客さんの思い出の味だったらいいですね」

賞味しながら、巳之作が言った。

「ほんとだな」

音松が和す。

ややあって、おなみがもぐもぐと口を動かしだした。

「おいしい？」

おすみが訊く。

「……うんっ」

おなみは花のような笑顔になった。

六

焼きぼうろはいくらか余ったので、売り物にするのではなく、わけを話して常連に舌だめしをしてもらうことになった。

ちょうど五重塔の十蔵親分が見廻りに来た。

子分の大根の銀次《ぎんじ》もいる。妙な名だが、普段は大根などの野菜の振り売りをやっているからそう呼ばれていた。

「うん、風味があってうめえ」

見かけによらず、甘いものが好きな親分が言った。

「長崎の伴天連《バテレン》の味かい？」

銀次が訊く。

「伴天連かどうかは分かりませんが、長崎の土産だったそうです」

おはつが答えた。

「なら、公館かどこかにつとめてる異人がつくったのかもしれねえ」

十蔵親分がそう言って、またさくっとぼうろをかんだ。

十手持ちの主従が去ったあと、隠居の惣兵衛と俳諧師の中島杏村がつれだってやってきた。

谷中にはうまい蕎麦の名店もある。そこの座敷で昼酒を呑んできた帰りらしい。

「舌だめしなら喜んでやるよ」

隠居が笑みを浮かべた。

見本市に来た客の思い出の菓子で、長崎の土産だったことを杏村に伝えると、俳諧師はただちに話を呑みこんでくれた。

「書物に載っているのなら、間違いがないかもしれませんね」

杏村は言った。

「そうだといいんですが」

音松はまだ慎重に答えた。

「ああ、これは香ばしいね」

さっそく食すなり、惣兵衛が言った。

「お砂糖は二種類使ってみたんです。どちらかが思い出のお菓子なんじゃないかということで」

おはつが説明した。

「こちらが和三盆で、こちらがただの砂糖です」

音松が手で示した。

「なるほど……甘みがいくらか違いますね」

俳諧師が食べ比べてから言った。

「どちらもうまいけどね」

隠居が笑みを浮かべる。

「これで舌だめしをしていただこうかと」

と、おはつ。

「お客さんに届けるのかい？」

惣兵衛がたずねた。

「いえ、文を書いて、舌だめしに来ていただくことになっています」

おはつが答えた。

「文はもう書かれたのですか？」

杏村が音松にたずねた。

「いえ、これからです。武家屋敷に届ける文ですし、どう書いたらいいか悩ましいところですが」

音松はいくらかあいまいな顔つきで答えた。

「なら、杏村さんに書いてもらえばいいよ」

隠居が水を向けた。

「ああ、お安い御用ですよ。ただで舌だめしをさせていただいたんですから」

俳諧師が白い歯を見せた。

こうして、また一つ段取りが進んだ。

第九章　月あかりの道

一

半生菓子ほどではないが、焼きぼうろもむやみに日保ちがするわけではない。智佐がいつ来ても出せるように、二種のぼうろを焼いておくことにした。

火加減は松葉と変わりがない。ならば、一緒につくることができる。

「今日は見えるかしら」

のれんを出すときに、おはつが言った。

「見えたら、ちょうど焼きたてをお出しできるんだがな」

音松が答えた。

「もし余ったら、おいらが振り売りに行ってきますんで。ぼうろ、ぼうろ、焼きぼうろ……長崎由来、甘くておいしい伴天連の焼きぼうろ」

巳之作が売り声を発した。

「おまえは大福餅もあるだろうが」

音松があきれたように言った。

「あ、そうでした」

気のいい若者が髷に手をやった。

のれんを出したあと、音松はさっそくぼうろと松葉を焼いた。

香りは何よりの引札になる。初めての客まで香りに誘われてのれんをくぐってくれた。

「もし売り切れちゃったら困るわね」

おはつがそんな心配をした。

「なに、また焼けばいいさ」

音松は笑顔で答えた。

だが……。

案じるには及ばなかった。

その日の八つごろ、智佐が供の者をつれて姿を現したのだ。

「あっ、いらっしゃいまし」

おはつの顔がぱっと輝いた。

「文をありがたく存じました。さっそく舌だめしにまいりました」

智佐はそう言って頭を下げた。

「ようこそお越しくださいました。どうぞお上がりくださいまし」

おはつが身ぶりをまじえた。

「いまお持ちします」

はつねやのあるじが引き締まった顔つきで告げた。

二

はつねやがつくった焼きぼうろが果たして思い出の菓子なのか、音松もおはつも祈るような気持ちで智佐に出した。

「こちらがただの砂糖、こちらは和三盆を使ってみました。どちらかがお父さまの長崎土産と同じ味だったらいいのですが」

いくぶん硬い顔つきで、音松は言った。

「ああ、見た目は父の長崎土産によく似ております」

智佐が言った。

「では、舌だめしを」

おはつが笑みを浮かべた。

「頂戴します。まずはこちらから」

智佐は砂糖を使った焼きぼうろを慎重に手で割り、口に運んだ。

おはつは帯に手をやった。

知らず知らずのうちに、心の臓の鳴りが激しくなっていた。

「おいしい？」

いきさつを何も知らないおなみがとことこと歩いてきて、無邪気に智佐にたずねた。

「これ、大事な舌だめしだから」

おはつが思わず声をあげた。

「いいですよ」

智佐は穏やかな笑みを浮かべた。

おはつと音松が固唾《かたず》を呑んで見守るなか、智佐は一つめの焼きぼうろをじっくりと味わった。

「おいしゅうございます」

声が発せられた。

しかし……。

おはつは少し落胆した。

これが思い出の菓子だったのなら、もっと違った言葉が発せられるはずだ。

「いかがでしょう。南蛮菓子のつくり方を記した書物を参考につくってみたのですが」

音松が問うた。

「うーん……」

智佐はゆっくりと首をかしげた。

「違うでしょうか」

おはつが案じ顔でたずねる。

「とてもおいしくて、甘みもあるのですが、父が長崎土産にくれたものとはいくらか違うようです。あの味は、父の思い出としてはっきりと残っているものですから」

智佐はすまなそうに答えた。

「では、もう一つ、和三盆を使ったぼうろも焼いてありますので」

音松は気を取り直すように言った。

「お手間をかけました。では、そちらをいただきます」

智佐はもう一つの焼きぼうろに手を伸ばした。

「どうぞ」

おはつは心の中で両手を合わせた。

さくっ、と焼きぼうろをかむ。

智佐はゆっくりと味わい、湯呑みを口に運んだ。

「いかがでしょう」

音松が待ちきれないとばかりに問うた。

「これもおいしゅうございます」

武家の妻が軽く頭を下げた。

ああ、とおはつは思った。

思い出の菓子ではない。

そういう様子は、残念ながら客の表情からはうかがわれなかった。

「ですが……」

智佐はひと呼吸置いてから申し訳なさそうに続けた。

「父の長崎土産とはいくらか違うようです」

その言葉を聞いて、はつねやの二人の顔に落胆の色が浮かんだ。

「違いますか」

音松が口を開いた。

「ええ、相済まないことで。本当に、これもおいしいのですが」

智佐は答えた。

「どこが違うのでしょう」

おはつがたずねた。

「父の長崎土産は、いま少し味がまろやかで……」

智佐は記憶を呼び覚ますように間を置いてから続けた。

「味に奥行きがあったような気がします」

「奥行きですか」

いくぶん不満そうに音松が言った。

「和三盆を使ったこの焼きぼうろも、奥行きがあるように感じられるのですが」

はつねやのあるじは軽く首をかしげた。

「ええ……その奥行きの感じが違うのです」

智佐はすまなそうに答えた。

「使っているものが違うんでしょうか」

今度はおはつが首をひねった。

「そうだ、思い出したことがあるんです」

智佐の声音が変わった。

「どんなことでしょう」

おはつが先をうながした。

「父の長崎土産のお菓子を焼いたのは向こうの方で、かすていらなどもつくっていたそうです。それを思い出しました」

少し上気した顔で、智佐は告げた。

「向こうの方ということは、長崎の出島の異人さんでしょうか」

音松が問うた。

「おそらくそうだと思います」

智佐は答えた。

「向こうの材料だったとしたら、ちょっと無理かも」

おはつの表情に落胆の色が浮かんだ。

「いや、まだ打てる手はあるはずだよ」

半ばはおのれに言い聞かせるように、音松は言った。

「お手数をおかけしますが、父に相済まないので、嘘はつけないのです」

智佐は思いのこもった目で言った。

「承知しました。思案して、やり直してみます」

はつねやのあるじはそう請け合った。

「どうかよしなにお願いいたします」

智佐は深々と頭を下げた。

三

申し訳ないからと、見世の菓子をたくさん買いこんで武家の妻は去っていった。

「まだ幟は出せないわね」

おはつがぽつりと言った。

見世の奥に見本市で出した幟をしまってある。

思ひ出の菓子　つくり〼

初めの客がうまくいけば、幟を出して続けていこうという話をしていたのだが、すっかり出鼻をくじかれたかたちになってしまった。

「まあ、山は高いほうが登り甲斐があるから」

音松は気を取り直して言った。

「そうね。意外なところに手がかりがあるかもしれないし」

おはつも笑みを浮かべた。

その意外な手がかりが見つかったのは、次の休みの日だった。

秋が深まり、紅葉が美しい季《とき》になった。はつねやの夫婦はおなみをつれて近場を廻り、帰りに蕎麦屋に立ち寄った。

やぶ川という筋のいい蕎麦屋だ。見世の名は近くを小川が流れていることに由来する。

「本日は茸の天麩羅と月見蕎麦がおすすめでございます」

愛想のいいおかみが言った。

「ああ、いいですね。では、それで」

音松が答えた。

「この子には、蕎麦がきをいただければと」

おはつがおなみを手で示した。

「承知しました。蕎麦がきはお汁粉にもできますが」

おかみが言う。

「甘いお汁粉のほうがいいわね」

おはつは娘を見た。

「うんっ」

おなみは元気よくうなずいた。

挽きぐるみの風味豊かな蕎麦で、こしもあって申し分がなかった。天麩羅の揚げ加減も絶妙だ。

「たまには月見蕎麦で贅沢もいいわね」

おはつが言った。

「そうだな。玉子が入ってると値が張るから」

音松はそう言うと、箸の先で黄身を割り、蕎麦にからめて口中に投じた。

「……うまい」

思わず笑みがこぼれる。

おはつはおなみの蕎麦がき汁粉をふうふうしてやっていた。もう少しさめないと、わらべには荷が重い。

「もういいかしら。ゆっくり食べて」

おはつはおなみに椀を渡した。

「うん」

わらべはこくりとうなずいて受け取った。

「やっぱり玉子が入ってると……」

そこで音松の箸の動きが止まった。

「どうしたの？」

それと察して、おはつが訊いた。

「長崎の土産、異人さんがつくってたという話だったな」

「ええ」

おはつがうなずく。

「その菓子職人は、かすていらも手がけていた。たしか、かすていらには玉子を使うはずだ」

音松はそう告げた。

「あっ、そうすると」

おはつは気づいた。

「焼きぼうろにも玉子が入っていたかもしれない」

音松はそう答えると、思い出したようにまた箸を動かしだした。

「なら、試してみたら？」

おはつが水を向けた。

「ああ、明日にでもやってみるよ」

音松は笑みを浮かべた。

「おいしい」

おなみが声をあげた。

「お汁粉、甘い？」

おはつが問う。

「うん、甘い」

わらべの顔がほころんだ。

「よかったわね」

おはつはそう言って箸を動かした。

玉子のからんだ月見蕎麦の味が心にしみた。

四

翌日——。
音松は玉子を多めに仕入れてきた。出費《かかり》になるが是非もない。
『諸国銘菓指南』を繙いたところ、かすていらにはやはり玉子が用いられていた。
ぼうろは砂糖と小麦粉だけで、玉子は用いないという記述だったが、かすていらも
手がけていた異国の菓子職人なら使っていてもおかしくない。
だいぶ手ごたえが出てきた。音松はねじり鉢巻きで新たにぼうろをつくった。
全卵を使ったもの、卵黄だけにしたもの、それに、砂糖と和三盆の二種を使った
ので、四種のぼうろになった。
「あっ、違う」
舌だめしをしたおはつが声をあげた。
「うん、おいしい。さくっとしてる」
巳之作も続く。

「前のだってさくっとはしてたんだ」

音松が言った。

「これなら、味に奥行きがあると思う」

おはつがうなずく。

「いけるかな」

と、音松。

「これが思い出のお菓子だったらいいんだけど」

おはつはそう言って両手を合わせた。

その日は花月堂の番頭の喜作がのれんをくぐってきた。あるじの三代目音吉も首尾を気にかけているらしい。

さっそく舌だめしをしてもらった。

「ああ、これは甘さにこくがあるね」

喜作は笑みを浮かべた。

「かすていらもつくっていた職人なので、玉子も使ってるんじゃなかろうかと」

音松が説明した。

「どれがいちばんおいしいでしょう」

おはつが問うた。

「それはむずかしいねえ」

喜作はにわかに腕組みをした。

「全卵と和三盆の組み合わせがいちばんしっくりくるかと」

はつねやのあるじが言った。

「ああ、たしかにひと味違うね」

花月堂の番頭はそう言って茶に手を伸ばした。

「そのあたりは、また舌だめしをしていただきましょう」

おはつが乗り気で言った。

「そうだな。また文を出さなければ」

音松が二の腕を軽くたたいた。

五

智佐に宛てた文の手配をしたついでに、おはつは根津の母の仕事場を訪れた。

新年の干支に合わせた新たな木型を頼むのがいちばんの目的だった。手土産は焼きぼうろにした。ついでに舌だめしをしてもらおうと思ったのだ。

「これはおいしいね。

親方の徳次郎がたずねた。

「いえ、玉子をふんだんに使っているので、高い値をつけないと元が取れないので」

おはつは少しあいまいな顔つきで答えた。

「ああ、おいしい」

跡取り息子の竜太郎が感に堪えたように言う。

「ほんと、おいしいです」

年若の弟子の信造も笑顔だ。

「なら、思い出のお菓子のためだけにつくったの？」

おしづがたずねた。

「ひとまずはそう。玉子まで入れるわけにはいかないから」

おはつは答えた。

「玉子の値が安くなれば、こういう菓子も出回るようになるだろうね」

焼きぼうろを味わいながら、木型づくりの親方が言った。

「そうなればいいですね」

おはつは笑みを浮かべた。

「これが思い出の菓子ならいいわねえ」

おしづがしみじみと言った。

「ほんとにそう。もし駄目だったら、もうちょっとお手上げで」

おはつは首をひねった。

「音松さんもそう言ってた?」

おしづが問う。

「ええ。向こうの材料が使われてたとしたら無理だって」

おはつは答えた。

「当たりだといいわね」

と、おしづ。

「若くして亡くなったお父さまの思い出のお菓子という話だから、なんだか他人事とは思えなくて」

おはつは感慨を込めて言った。

「だったら、帰りに権現さまにお願いしていけば？」

母が水を向けた。

「ああ、そうするわ。こうなったら神頼みで」

おはつはそっと両手を合わせた。

六

根津の権現さまにお詣りしているとき、おはつはふっと風を感じた。

だれかが遠くから背中を見ているような気がした。

だが、気のせいだった。目を開けて振り向いたが、べつにだれもいなかった。ただ風が吹いているだけだった。

母の仕事場へ行ったせいか、その晩、おはつはまた父の夢を見た。

文を読んではつねやへ再びやってきたのは、智佐ではなかった。

おはつが物心つくかつかないかのころに亡くなった父の勘平だった。

「おう、できたそうじゃねえか」

父は文をかざした。

ああ、おとっつぁんはこんな顔をしてたんだ。

やっとはっきり思い出せた……。

おはつは夢の中で感慨にふけった。

「苦労しましたけど、ようやくできたので舌だめしを」

音松が言った。

「食わせてもらうぜ」

父が焼きぼうろに手を伸ばした。

「玉子を入れてみたの」

おはつが告げた。

思い出の菓子かどうか、おはつはじっと父の様子をうかがった。

「この味だ」

父は笑みを浮かべた。

「ほんと？　おとっつぁんの思い出のお菓子で間違いない？」

おはつは喜んで問うた。

「ああ、この味だ。おしづと一緒におめえをつれて、草市へ行ったときに食った菓子の味だ」

父はそう言ってくれた。

「草市で……」

おはつがそう答えたとき、はつねやの表で気配がした。

羽音のような音が響いている。

外に出てみたおはつは思わず目を瞠った。

空いちめんに竹とんぼが飛んでいた。

緑の竹とんぼだ。

「おれが飛ばしたんだ」

後ろから、父が言った。

「……きれい」

きらきら光りながら飛ぶ竹とんぼをうっとりとながめているうち、夢の潮はだんだんに引いていった。

夢の中ではっきりと見えたはずの父の顔は、またあいまいにかすんで思い出せなくなっていた。

七

智佐がはつねやののれんをくぐってきたのは、翌々日のことだった。

あまり時が経つとしけてしまう。さりとて、貴重な玉子をふんだんに使ったぼうろをいくたびも焼くわけにはいかない。どうしたものかと思案していたとき智佐が供の者とともに訪れてくれたから、はつねやの夫婦は愁眉を開いた。

「遅くなりました。お手数をおかけしました」

智佐はていねいに頭を下げた。

「こちらこそ、お待たせいたしました。どうぞお上がりくださいまし」

おはつが座敷へ案内した。

供の者は外の長床几で控えることになった。そちらにも茶を出す。

「かすていらも手がけていた職人が焼いたものだとうかがったので、玉子をまぜてみました」

焼きぼうろの盆を運びながら、音松が言った。

「なるほど、玉子を」

智佐がうなずく。

「四種の焼きぼうろをご用意しました。こちらが全卵と砂糖、それから、全卵と和三盆、続いて、卵黄と砂糖、最後に、卵黄と和三盆です」

音松は皿を一枚ずつ畳の上に置いた。

「手前から、い、ろ、は、に、で」

おはつが手で示しながら言った。

「承知しました。では、まず『い』から」

智佐は焼きぼうろに手を伸ばした。

おはつと音松が見守る。

振り売りに出ようとしていた巳之作も、じっと様子をうかがっていた。

「……ああ」

智佐の口から声がもれた。

おはつはつばを呑みこんだ。

このあいだとは様子が違った。思い出の菓子の味が心にしみたのだ。

「奥行きがありますでしょうか」

待ちきれないとばかりに、音松が問うた。

「ええ」

智佐は一つうなずいてから続けた。

「父の長崎土産の味のような気がします」

思い出の菓子の客が言った。

「ほかのもどうぞ」

おはつが手つきをまじえた。

「はい。では、『ろ』を」

智佐は次の焼きぼうろに手を伸ばした。

さくっ、とかむ。

しばらく味わっているうち、思い出の菓子の客の顔にさざ波のようなものが走った。

智佐は瞬きをした。

そのまぶたからほおにかけて、つ、とひとすじの水ならざるものが伝っていった。

「……この味です」

と、智佐は言った。

「父がくれた長崎のお土産の味です」

その言葉を聞いて、おはつはほっと息をついた。

こんなに安堵したのは、人生を振り返ってみてもあまりないことだった。

「そうですか」

音松はのどの奥から絞り出すように言った。

「良かったですね」

巳之作が声をあげた。

「この味です」

智佐は重ねて言った。

「舌が憶えていました。口の中でほろっと溶けて、甘みが広がるんです。その甘みに、何とも言えない奥行きがあるんです」

思い出の菓子を味わったばかりの客はそう説明した。

「念のために、ほかの二つもお召し上がりください」

音松は勧めた。

「はい」

智佐の手がまた皿に伸びた。

「これもおいしゅうございます」

ややあって、残りの二枚を食べた智佐が言った。

「でも、やはり二番目の焼きぼうろでしょうか」

おはつが問うた。

「ほんの少しの違いなんですが、伝わってくるものがありました」

智佐は笑みを浮かべた。

「伝わってくるものが……」

おはつが繰り返す。

「ええ。おかげで、亡き父の面影が心なしか鮮明になったような気がいたします」

智佐は感慨深げに言った。

おはつはゆっくりとうなずいた。

智佐の父親の顔はむろん知らない。それでも、かすかにその顔が浮かんだような気がした。

「なら、振り売りに行ってきます」

巳之作の声が響いた。

「ああ、お願いね」

おはつは我に返って言った。

「同じものがございますので、お持ち帰りください」

音松が白い歯を見せた。

「さようですか。では、遠慮なく頂戴して帰ります」

智佐は笑みを返した。

できているだけの焼きぼうろを渡そうとしたのだが、それでは多すぎると智佐が言うので、少しだけ手元に残した。

「いまから売り物にするわけにもいかないわね」

おはつが言った。

「そうだな。お代は充分いただいたし」

音松が答えた。

智佐は見本市での支度金に加えて、馬鹿にならない額の代金を支払ってくれた。値の張る玉子をたくさん仕入れたから足が出るかもしれないと案じていたので、なんともありがたいことだった。

「なら、のれんをしまってから食べるか」

音松が水を向けた。

「そうね。湯屋へ行く前にでもいただきましょう」

八

おはつは答えた。

「ありがたく存じました」

腰を上げた客に、はつねやのおかみが明るい声をかけた。

「ああ、おいしかったよ。焼きぼうろがある日で得をしたね」

笑みを浮かべたのは隠居の惣兵衛だった。

「残りはうちでいただきますので」

おはつが言った。

思い出の菓子づくりがうまくいったことを伝えると、隠居はわがことのように喜んでくれた。

「気張ったほうびだからね。じっくり味わいながら食べるといいよ」

惣兵衛は言った。

「そうします」

おはつは笑顔で答えた。

ほどなく、のれんと長床几がしまわれた。長床几の上で寝ていたきなこも不承不承に見世に入った。

「なら、今日はこれで」

仕込みの手伝いを終えた巳之作が右手を挙げた。

「ああ、お疲れさん」

「明日も頼むわね」

はつねやの二人が見送った。

やっと手が空いた。

おはつと音松は、座敷で残りの焼きぼうろを味わうことにした。

「お客さんの思い出のお菓子はわたしが食べてもいい？」

おはつはたずねた。

「ああ、いいよ」

音松が答えた。

「おなみちゃんも食べる？」

とことこと歩いてきたわらべに、おはつはたずねた。

「うん」

おなみがうなずく。

「だったら、ちょっと割ってあげるね」

おなみは焼きぼうろを一枚手に取った。

全卵と和三盆をまぜた、智佐の父の長崎土産だ。

「ゆっくりよくかんでね。これで終わりなので」

おはつが言った。

「この先、つくるかどうか分からないから」

音松も言う。

当時のぼうろに卵は用いられていなかった。改良が加えられ、佐賀の銘菓「丸ぼうろ」となるのは明治に入ってからのことだ。

「ああ」

焼きぼうろを味わったおはつは息をついた。

座敷はもうだいぶ暗くなっていた。はつねやの夫婦が、おなみとともに残った焼きぼうろを味わう。

「この味が……」

そこまで言ったとき、おはつは続けざまに瞬きをした。

ゆうべも夢に出てきた父の顔。

どうしても思い出せなかったその顔が、霧が晴れるようにくっきりと浮かんだのだ。

味は思い出をつれてくる。

人には必ず忘れられない味がある。

幼い頃に父を亡くした智佐の思い出の菓子をつくれたことが呼び水になったのか、それとも、たびたび夢に出てくれたのが兆しめいたものだったのか、わけははっきりしない。いずれにしても、おはつはやっと思い出した。

父の顔を。

小さいおのれを草市へつれていってくれた優しい父の顔を。

「どうした?」

何かをこらえているようなおはつの様子を見て、音松が声をかけた。

「……ううん、何でもない」

おはつは少し迷ってから答えた。

そして、残りの焼きぼうろを胃の腑に落とした。

それもまた、忘れられない味がした。

九

その晩──。

はつねやの家族はつれだって近所の湯屋へ出かけた。

「はい、きれいきれいね」

おはつはおなみの体をていねいに洗ってやった。

父の顔は忘れることがなかった。ひとたび思い出した顔は薄れて分からなくなることはなかった。夢のように消えはしなかった。もう大丈夫だ。

言葉も思い出した。

「おとっつぁんが買ってやろう」

幼いおはつに向かって、たしかに父はそう言った。

母のおしづが言っていた草市なのか、買ってもらったのは竹とんぼなのかどうか。

そのあたりまでは分からない。思い出せたのはその言葉だけだった。

父の顔と同じく、声にもあたたかみがこもっていた。面影や声がよみがえるたびに、おはつは胸が熱くなった。

「はい、風邪を引かないように拭かないとね」

おはつは乾いた手拭で娘の体を拭いてやった。

「うん」

おなみがうなずく。

大きくなったとき、おなみは今日という日のことを憶えていないだろう。のちのちにまで残る母の記憶は、ほんの少ししかないかもしれない。

それでいい。たとえわずかでも、憶えていてくれればそれでいい。

「では、またよしなにお願いいたします」

湯屋を出るとき、音松はあるじに告げた。

「おやすみなさいまし」

おはつも笑顔で言った。

湯屋の二階で客が味わう菓子をはつねやが入れている。ここも大事な得意先の一つだ。

いい月が出ていた。

月あかりの道を、おなみと片方ずつ手をつないで、おはつと音松ははつねやまで
ゆっくりと歩いた。

「思い出したの」

その途中で、おはつはぽつりと言った。

「何を？」

音松が訊いた。

「おとっつぁんの顔よ。たぶん、智佐さまの話を聞いて、思い出の焼きぼうろを食
べてみたおかげだと思う。はっきりと思い出したの」

おはつは答えた。

「……そうか。良かったな」

音松は感慨をこめて言った。

「うん」

おはつはうなずいた。

急にこみあげてくるものがあった。
行く手の道がにわかにぼやけた。
月あかりにしみじみと照らされた道の行く手に、だれか立っているような気がした。
おぼろげな影が、提灯も持たず、じっとこちらのほうを見てくれている。
気張ってやりな……。
父の声が聞こえた。
優しい顔の父が道の行く手に立って、声をかけてくれた。
そんな気がしてならなかった。
気張ってやるよ、明日からも。
おはつは心の中で答えた。

風が吹いた。

おはつは瞬きをした。

月あかりの道の気配は消えていた。

ふっ、と一つ、おはつは息をついた。

「どうしたの？」

おなみが問うた。

「ううん、何でもない」

おはつは答えた。

「さあ、帰ってきたぞ。路地へ入ればはつねやだ」

音松が言った。

「明日からまた気張りましょう」

月をちらりと見やると、おはつは笑顔で言った。

第十章　銘菓づくり

一

はつねやの前に幟が出た。

思ひ出の菓子　つくり□

そう記されている。

これまでの客は見本市の智佐だけだから、当分はだれも来るまいと思っていたら、案に相違した。

かわら版も読んでくれたという客がのれんをくぐってきたのだ。

以前の大火で離散してしまった家族でむつまじく食べたのが思い出の菓子だということだった。いまは小間物屋の番頭をつとめる男は記憶をたどりながら憶えていることを伝えた。

「火のはたでいただいた、ほろっと溶ける口あたりのいい水羊羹のようなものでした。甘くてとてもおいしかったことを憶えております」

杉造《すぎぞう》と名乗った客が告げた。

「それは丁稚《でっち》羊羹ではないでしょうか。そろそろつくって出そうかと思っていた頃合いで」

音松はすぐさま答えた。

「丁稚羊羹でございますか？」

小間物屋の番頭の顔が輝いた。

「さようです。夏場は暑くなりすぎるのでつくりませんが、冬場に火のはたで食すにはもってこいの菓子です」

音松は告げた。

「では、ぜひ頂戴したいのですが」

杉造は身を乗り出してきた。

「承知しました。仕込みの都合がございますので、三日後にまたお越しいただければと」

音松は笑顔で答えた。

「分かりました。楽しみにしております」

小間物屋の番頭は笑みを返した。

二

三日後は習いごとの日に当たっていた。

おすみ、おみよ、おたえの三人娘に音松が教えたのは、見本市で鶴亀堂が実演していた紅葉山だった。

餡玉に色とりどりのきんとんを貼りつけ、紅葉に彩られた山をつくりだしていく。

「だいぶましになってきたな」

音松が声をかけたのは巳之作だった。

「おすみちゃんにつくり方の勘どころを教わったので」

気のいい若者は娘のほうを手で示した。

「まあ仲がいいことで」

おはつが冷やかしたとき、小間物屋の番頭が姿を現した。

「お待ちしておりました。いま支度いたしますので」

音松がいい声を響かせた。

「じゃあ、習いごとのみなさんにも丁稚羊羹の舌だめしを」

おはつが言った。

「わあい」

「楽しみです」

「わたし、好物なので」

娘たちがにぎやかにさえずった。

思い出の菓子の客は座敷で、習いごとの三人娘と巳之作は外の長床几で舌だめしをすることになった。

「ああ……これです。この味です」

丁稚羊羹を食すなり、杉造は感慨深げに言った。

「さようですか。ようございましたね」

おはつは笑みを浮かべた。

「硬さはいかがでしょう」

音松が問うた。

「ちょうどいい加減で。この丁稚羊羹を食したときは、みな達者で、火事にも遭わず……」

そこで客の言葉がとぎれた。

思いがあふれて、声にならなくなってしまったのだ。

味はむかしを呼び覚ます。

よみがえってくるのは、楽しい思い出もあれば、つらいこともある。その思いが伝わってきたから、おはつも音松もあえて言葉はかけなかった。

「丁稚羊羹なら手伝ったことがあるから」

表から巳之作の声が響いてきた。

「なら、のれん分けしても大丈夫ね」

「はつねやののれん分け？」

「いっそのこと、おすみちゃんと巳之作さんがやればいいよ」

にぎやかな声が響いてくる。

「おいしゅうございました」

杉造がていねいに頭を下げた。

「まだまだございますが」

おはつが水を向けた。

「いえ、もう胸が一杯で」

小間物屋の番頭は胸に手をやった。

「さようでございますか。思い出の菓子をお出しできてよかったです」

はつねやのおかみが言った。

「丁稚羊羹は冬場によく出しますので、またお越しくださいまし」

音松も和す。

「承知しました。ありがたく存じました」

思い出の菓子の客は深々と一礼した。

三

その翌日の昼下がり――。

一人の着流しの武家がはつねやののれんをくぐった。

「御免」

歯切れのいい声で告げたのは、紀伊玉浦藩主の松平伊豆守だった。

「これは、殿……ではなく」

音松がうろたえて言った。

「浦野《うらの》玉三郎《たまさぶろう》と名乗っておる」

お忍びの藩主がにやりと笑った。

藩の名にちなんだ名だ。

「浦野さまでございますね」

おはつが笑みを浮かべた。

「さよう。ここに控えているのは配下の者だ」

松平伊豆守は若い武家を手で示した。

「吉浜大次郎《よしはまだいじろう》と申す」

容子《ようす》のいい武家が気持ちのいい礼をした。

菓子の見本市では供をつとめていた男だ。

「こちらは真《まこと》の名だ。で、今日は折り入って願いごとがあって来た。上がらせてもらうぞ」

お忍びの藩主は奥の座敷に向かった。

「どうぞ、お上がりくださいまし」

おはつは身ぶりをまじえた。

ちょうど客はとぎれていた。紀伊玉浦藩の主従は座敷に上がった。

「羊羹はあるか」

お忍びの藩主がまずたずねた。

「抹茶羊羹がございます。やわらかな丁稚羊羹もお出しできます」

おはつが答えた。

「ならば、どちらもくれ」

すぐさま声が返ってきた。

ほどなく、おはつが盆を運んでいった。

「菓子づくりのつとめはあるか」

お忍びの藩主が訊いた。

「いえ、急ぎのつとめはございませんので」

音松は答えた。

「ならば、用向きを聞いてくれ」

松平伊豆守は座り直して続けた。

「おれは定府《じょうふ》大名、すなわち、参勤交代を免除され、ずっと江戸で暮らすことを許されている。国表の紀伊玉浦にはもう久しく足を踏み入れておらぬ」

お忍びの藩主はそう切り出した。

おなみを寝かしつけたおはつも音松と一緒に話を聞く。

「家柄ゆえに参勤交代がないのはありがたいが、藩主としていかがなものか、民の暮らしぶりをこの目でつぶさに見て、紀伊玉浦ならではの産物を奨励し、民の暮らしが少しでも豊かになるように意を用いるのが藩主のつとめではあるまいかと思うに至ったのだ」

松平伊豆守は引き締まった表情で告げた。

「で、その一環として……」

吉浜大次郎が口を開いた。

「まだ早いぞ、大次郎」

お忍びの藩主は手で制した。

「はっ、相済みません」

藩士が一礼した。

「先達には、範とするに足る藩主がいる。わが藩ではなく、一例を挙げれば、松江《まつえ》の松平不昧公《ふまいこう》だ。茶人としても知られる不昧公は、城下の菓子屋がつくった銘菓に名をつけ、茶席で使ったりしていた。おかげで、松江城下ではいまも多くの銘菓がつくられている」

同じ松平姓の藩主が言った。

音松は無言でうなずいた。

だんだん話の峠が近づいてきたようだが、まだ眺望は開けてはいなかった。

「わが紀伊玉浦は不便な地ではあるが、海の幸、山の幸に恵まれた風光明媚なところだ。当地ならではの産物も多い。わけても、柿と梅は良きものがつくられている」

お忍びの藩主は言った。

「先だっての見本市のとき、羊羹の話をされていましたが」

音松はふと思い出して言った。

柿や梅を使った菓子をつくったりするかと問われたので、刻んで羊羹に入れたりしていると返答したものだ。

「憶えていたか」

松平伊豆守は笑みを浮かべた。

「はい」

音松はうなずいた。

「うん、うまい。抹茶の加減がいい塩梅だ」

抹茶羊羹を賞味すると、紀伊玉浦藩主は話の勘どころに入った。

「眼目を告げると、わが紀州特産の梅や柿などを使った菓子をつくってはもらえぬか。わが藩の名物となり、長く後世に伝えられるような菓子だ。べつに羊羹でなくともよい。菓子職人としておれと一緒に紀伊玉浦へ赴き、銘菓をつくってはもらえぬか」

松平伊豆守は歯切れよく言った。

「て、手前がそのような大役を……」

音松はいささか狼狽して言った。

「そうだ。わが藩邸では鶴亀堂を御用達にしているが、国表へ赴いて菓子をつくるとなると、いま少し若い職人のほうが良かろう。そう思案し、その方《ほう》に白羽の矢を立てたのだ」

お忍びの藩主は身ぶりをまじえた。

「さようですか……そうしますと、江戸を離れて何年も」

おはつもややあいまいな顔つきになっていた。

紀伊玉浦藩から菓子づくりのつとめがあるかもしれないという話は聞いていたから、もし鶴亀堂に続く御用達だとすればほまれだと半ば期待していたのだが、まさかそのような頼みだとは思いもよらなかった。

「何年もとは言わぬ」

松平伊豆守は笑って言った。

「小さい娘がいるし、はつねやののれんも守らねばならぬ。そもそも、何年もかかるようでは困る。せいぜい半年くらいのうちに、すなわち、おれが紀伊玉浦で過ごしているあいだに菓子をつくりあげてもらいたい」

藩を継いだ快男児が白い歯を見せた。

「半年でございますね」

おはつの表情がいくらかやわらいだ。

「そうだ。どうだ、できるか」

お忍びの藩主は音松の顔を見ると、今度は丁稚羊羹を口中に投じた。

「はい……半年あれば、できるかと」

音松はいくらか自信なげに答えた。

「むろん、すぐに返事をせぬともよい。寝耳に水の話であっただろうからな。そなたの師や親兄弟などともよくよく相談してから決めてくれ」

紀伊玉浦藩主は茶を啜ってから続けた。

「相談の末、断ってもらってもいっこうにかまわぬ。春の腕くらべと秋の見本市でそなたに白羽の矢を立てたのだから残念ではあるが、江戸にはほかにも菓子職人がいる。よそを当たるから、気にせずともよい」

お忍びの藩主はそう言った。

「承知しました。少し思案の時を頂戴できればと」

音松は頭を下げた。

「相分かった。知らせは藩邸によこせ」

松平伊豆守はそう言って腰を浮かした。

「場所を説明いたす。話は伝えておくゆえ」

吉浜大次郎が言った。

「向後はこの大次郎がつなぎ役だ。こちらから訊きにまいるかもしれぬ。では、本日は土産を買って帰ることにしよう」

お忍びの藩主は帰り支度を始めた。

「これから若鮎を焼くところでございます。さほど時はかかりませんが」

はつねやのあるじが言った。

「では、焼きたてを持ち帰ることにしようぞ」

紀伊玉浦藩主が笑顔で答えた。

四

「えっ、師匠が紀州に？」

振り売りから戻ってきた巳之作が話を聞いて目を瞠った。

「そうだ。まだ決めたわけじゃないんだが」

音松は答えた。

「もし行くとすれば半年ほど江戸を離れることになるので」

と、おはつ。

「つとめ代は出してもらえると思うが、そのあいだ、はつねやを閉めるわけにもいかないから、そのあたりが思案のしどころだな」

音松は腕組みをした。

「巳之作さんはちょっとずつ腕が上がってるんだけど……」

おはつがあいまいな顔つきで言った。

「師匠に比べたら、まだずっと甘いので」

巳之作は自信なげに言った。

「わたしにもつくれるお菓子はあるけれど、やっぱり人手がねえ」

おはつが首をひねった。

「花月堂からもう一人っていうわけにもいかないからな」

音松は腕組みを解いてあごに手をやった。

「腕だったら、おいらよりおすみちゃんのほうが上だし」

巳之作がぽつりと言う。

「仲が良さそうだけど、いっそのこと女房にもらったら？　そうしたら、うちの手伝いもできるから」

おはつが水を向けた。

「ああ、それはいいかもしれないな」

音松は乗り気で言った。

「いや、実は……」

巳之作はひと呼吸置いてから続けた。

「おすみちゃんにはそういう話をしたんです。本人もいいって言ってくれて」

手伝いの若者はそう明かした。

「なんだ、そうだったの。そこまで話が進んでるのなら、近くに長屋を借りてうちの手伝いをしてもらえれば」

おはつが先を急いだ。

「いや、当人たちはそのつもりでも、おすみちゃんのおとっつぁんの山海堂さんが不承知らしくて」

いつも明るい巳之作の顔つきが珍しく曇った。

「おすみちゃんは薬種問屋の山海堂さんの次女だったわね」

と、おはつ。

「うちも師匠の見世も砂糖を仕入れてる大きな問屋だ」

音松が言った。

「そうなんです。のれんは姉さんの婿が継ぐことになってるんですが、おすみちゃんもできれば同業の問屋さんに縁ができればと思ってるそうで、一介の菓子の振り売りにはやれないと言ってるらしくて」

「巳之作が告げた。「巳之ちゃんが頼みに行ったわけじゃないのね？」

おはつが問うた。

「まず師匠にわけを話してからと思って、機をうかがってたんです」

巳之作が答えた。

「なら、山海堂さんが承知すれば、おすみちゃんがうちに来てくれるかもしれないんだな？」

音松は念を押すようにたずねた。

「はい。おすみちゃんはおいらと一緒になりたいと言ってくれてるので」

若者は少し上気した顔で答えた。

「花月堂の師匠にも言ったほうがいいかも」

おはつが音松に言った。

「おれもそう思ってた。うちだけじゃなくて、花月堂も紅梅屋も山海堂から砂糖を買ってるんだから、そのあたりの搦《から》め手《て》から攻めていけば」

音松はうなずいた。

「どうかよしなに。一介の振り売りだと思われてるみたいですけど、ゆくゆくはのれん分けとか、そういう向きにうまく話を持っていってもらえれば、風向きも変わるんじゃないかと」

望みをこめて、巳之作は言った。

「分かった。紀州行きの話もあるから、そのあたりも含めて師匠と相談してくることにしよう」

音松はそう請け合った。

「よろしゅうお願いいたします」

いつもより硬い顔つきで、巳之作は頭を下げた。

「そのうちいい風が吹いてくるから」

おはつが励ますように言った。

「へい」

巳之作の顔に、やっと笑みが浮かんだ。

五

翌日――。

音松は上野黒門町の花月堂を訪れ、三代目音吉とおかみのおまさに用向きを伝えた。

まずは、紀伊玉浦藩主の松平伊豆守からの頼みごとの件だ。

「それは、菓子職人としてはほまれだからな」

花月堂のあるじが言った。

「はい、ありがたいことではあるんですが」

音松はいくらか歯切れの悪い返事をした。

「はつねやをどうするかね。おなみちゃんはまだ小さいし」

おまさが言う。

「ええ、そうなんです」

音松はそう答えて、茶を啜った。

くれればどうだ」

「二年も三年もとなれば考えるところだが、たった半年なら修業だと思って行って

三代目音吉が言った。

「はい。菓子職人としてはそちらのほうに心が動いています」

音松は答えた。

「のちのちにまで残る銘菓をつくれれば、職人冥利に尽きるからな」

花月堂のあるじが笑みを浮かべた。

「はい」

音松は短く答えると、食べかけだったきんつばの残りを胃の腑に落とした。

むやみに甘からず、もっちりとしたかみ味が心地いい老舗の味だ。

「あとは、とにかくお見世をどうするかだわね」

おかみが言った。

「そこで、ご相談なんですが……」

音松は巳之作とおすみの件をここで告げることにした。

少しずつ順を追って説明していくと、三代目音吉もおまさもすぐさまいきさつを

呑みこんでくれた。

「あの巳之作がねえ」

　おまさが感慨深げに言った。

「いくらか早いが、べつに女房をもらってもいいだろう。そうすれば、さらにやる気が出るかもしれない」

　三代目音吉はそう言って茶を啜った。

「おすみちゃんは本当にいい子で、菓子づくりの腕も巳之作よりずっと上なので」

　音松が言った。

「巳之作と比べたら、だれだってうまいだろうがな」

　花月堂のあるじは苦笑いを浮かべた。

「でも、このところ多少はましになってきたので」

　と、音松。

「明るいから、お客さんの相手ならお手の物だと思うけど」

　おまさが言った。

「ええ。振り売りはもう谷中の名物だし、得意先廻りもそつなくこなしてくれるでしょう」

音松はそう言って残りの茶を呑み干した。

「そうすると、山海堂さんがうんと言ってくれれば、万事うまく運ぶわけだな」

三代目音吉がうなずいた。

「ここはひと肌脱ぐところかね、おまえさん」

おまさが言った。

「そうだな。山海堂さんはうちばかりじゃなく、紅梅屋も得意先だからね」

花月堂のあるじが言った。

紅梅屋はおかみの実家だ。ほかにも多くの江戸の菓子屋に砂糖をおろしている。

「巳之作をつれて山海堂さんへごあいさつをと思案しているのですが、もし一緒に来ていただければ大きな力になろうかと」

はつねやのあるじのまなざしに力がこもった。

「よし分かった」

三代目音吉は両手を打ち合わせた。

「ひと肌脱ぐことにしよう」

花月堂のあるじは笑みを浮かべた。

「ありがたく存じます。どうかよしなに」

音松は深々と一礼した。

六

段取りは滞りなく進んだ。

紋付き袴に威儀を正した巳之作をつれ、音松は師の三代目音吉とともに薬種問屋の山海堂をたずねた。

拒まれることも念頭に置いていたのだが、拍子抜けするほどあっさりとあるじは巳之作とおすみが夫婦になることを許してくれた。もともと、おかみとおすみの姉は賛成で、あるじだけが不承知だったようだ。

「菓子の振り売りと一緒になりたいと娘が申すもので、ついまかりならぬと言ってしまったのですが、もともとは花月堂さんのお弟子さんだったのなら、筋の通った職人さんですから」

山海堂のあるじは弁解がましく言った。

「ゆくゆくは、はつねやからのれん分けという話もあるでしょう」

三代目音吉はそう言って音松を見た。

「もちろんです。おすみさんは菓子職人としてもおかみとしても充分にやっていけますから」

音松は太鼓判を捺した。

「うちとしても、娘のところへいい砂糖を廻せますし、うまい按配に水車《みずぐるま》が廻ってくれるかと」

初めは不承知だった山海堂のあるじは笑顔で言った。

そんな調子で、大きな関所を無事越えることができた。

山海堂を出た一行は、近場の蕎麦屋で休むことにした。おすみも一緒についてきた。

「祝言の宴をやらないといけないね」

蕎麦屋の座敷で落ち着くや、花月堂のあるじが言った。

「そうですね。その前に、紀州のほうの話を決めてこなければ」

音松が言った。

「留守はおすみちゃんと二人でちゃんと守りますので」

肩の荷が下りた顔で、巳之作が言った。

「それには、もうちょっとおまえの腕を上げないとな」

音松がクギを刺した。

「へい、気張ってやります」

巳之作が答えた。

「おはつさんも含めて、できる菓子をつくれるだけつくってあきない、音松の留守のあいだをつないでいけばいい」

三代目音吉が言った。

「はい。巳之作さんと力を合わせてやっていきます」

おすみがいい笑顔で答えた。

「もう若おかみの顔だな」

花月堂のあるじが頼もしそうに言った。

「気張ってやろう」

巳之作がおすみに言う。

「はい」

おすみのいい声が響いた。

七

ふっ、と一つ音松は息をついた。

風呂敷包みを手に提げている。これから紀伊玉浦藩の上屋敷をたずねるところだ。

「じゃあ、おとうのお見送りね」

おはつがおなみに言った。

「うん」

おなみがうなずく。

「なんだか心の臓がどきどきしてきた」

音松は胸に手をやった。

「お殿さまは取って食おうっていうわけじゃないんだから」

おはつは笑みを浮かべた。

「そうそう、食べるのははつねやのお菓子」

巳之作がどこか唄うように言った。

今日焼いたばかりの若鮎の包みを提げて、これから松平伊豆守に面会を求める。

そして、紀伊玉浦藩で銘菓をつくるつとめを引き受ける。今日は音松の人生にとっては大事な日だ。

三日前、田端村からまた二人の兄が出てきて、甘藷水飴の瓶を渡してくれた。

さっそく紀伊玉浦藩の殿様から請われて紀州へ赴くことになりそうだといういきさつを伝えると、兄たちはどちらも喜んでくれた。

「そりゃあ、ほまれじゃねえか」

長兄の正太郎が言った。

「半年だったら、留守にしたってなんとかなるさ。いい菓子をつくってきな」

次兄の梅次郎も笑顔で励ましてくれた。

遠くへ出かけるのだから、親は案じるかもしれないが、そのあたりは兄たちがうまく言っておいてくれることになった。これでもう後顧の憂いはない。

「なら、出かけてるあいだ、菓子づくりの稽古をしてな」

音松は巳之作に言った。

「へ、へい」

弟子はいくらかあいまいな返事をした。

「大丈夫、目を光らせてるから」

おはつはおのれのまなこを指さした。

その後も段取りは進んだ。

巳之作とおすみが暮らす長屋の部屋は首尾よく見つかった。若夫婦の暮らしをしながら、はつねやでともに菓子づくりをすればいい。

巳之作は原宿村《はらじゆく》の農家の三男だ。おすみの父である山海堂のあるじとともに、音松があいさつに行く日取りも決まった。

「よし、なら、行ってくる」

音松は引き締まった顔つきで言った。

「行ってらっしゃい」

「お気をつけて」

おはつと巳之作、それにおなみに送られて、音松ははつねやを出た。

八

紀伊玉浦藩の上屋敷の門番に来意を告げると、ややあって吉浜大次郎が姿を現した。

「待っていた。入ってくれ」

武家は歯切れのいい口調で言った。

「はい。あの、菓子をお持ちしたのですが」

音松は風呂敷包みをかざした。

「そなたの手から殿に渡せ。それを食しながら話を進めることにしよう」

大次郎は言った。

「承知しました」

音松は軽く一礼した。

「行くことに決めたのか」

奥へ案内しながら、大次郎はたずねた。

「はい。師匠などからも勧められたもので」

音松は答えた。

「そうか。おれも行く。よろしく頼む」

大次郎は白い歯を見せた。

「こちらこそ、よしなに」

音松も笑みを返した。

大次郎のほうがいくらか上で、兄のようなものだ。一緒に紀州へ行くのなら心強い。

「殿は屋敷の裏手で鍛錬をされている。書院で待っておれ」

大次郎が告げた。

「承知しました」

音松は一礼した。

ややあって、白い道着姿の松平伊豆守が姿を現した。

「おう、決めたそうだな」

音松の顔を見るなり、紀伊玉浦藩主が言った。

「はい、紀州へまいります」

はつねやのあるじはきっぱりと言った。

「行くのは年が明けてからだ。いまのところ、正月の十日に発つことにしている」

藩主は言った。

「承知しました。お供させていただきます」

音松は頭を下げた。

ほどなく、茶が運ばれてきた。土産に持参した若鮎を味わいながら、さらに打ち合わせをすることになった。

藩主と吉浜大次郎だけでなく、江戸詰家老も話に加わった。もうかなりの歳で、藩の知恵袋という感じの人物だ。

「これはうまいですな」

若鮎を食すなり、家老が言った。

「鮎ばかりでなく、はつねやはどの菓子もうまいのだ」

松平伊豆守が笑みを浮かべた。

「さすがは殿が白羽の矢を立てた菓子屋でございます」

家老が持ち上げる。

「紀州へお供するのは、菓子屋の手前だけでございましょうか」

音松が問うた。

「ひとまずはそうだ。味噌や醤油の醸造元なども思案したが、国表でもいいものをつくっているゆえ」

藩主は答えた。

「産物や木材を運ぶ千石船なども、大坂に船大工がおるからな」

家老が言う。

「たいていのものは同じ上方で用が足りる。まあ、菓子も京から職人を招くという手もあったのだが、せっかく腕くらべで縁ができたのだから、江戸の菓子職人に白羽の矢を立てたわけだ」

松平伊豆守は歯切れよく言った。

「ありがたく存じます。何よりのほまれでございます」

音松は心から言った。

「うむ、期待しておるぞ。末代にまで続く銘菓をつくれ」

藩主の声に力がこもった。

「はっ」

音松も気の入った返事をした。

思い出の菓子づくりの峠を越えたと思ったら、今度は銘菓づくりだ。

紀伊玉浦といえばこれ、とみなが思い浮かべるような銘菓をつくらなければならない。

はつねやのあるじは身の引き締まる思いだった。

「では、このあたりであれを、吉浜」

家老がうながした。

「はっ」

若い武家がすっと立ち上がり、ほどなくあるものを抱えて戻ってきた。

壺だ。

「中をあらためてみよ、はつねや」

藩主が言った。

「はい」

音松が頑丈な陶製の蓋を取ると、ぷうんといい香りが漂ってきた。

「これは梅干しでございますね」

中を覗きこんで、音松は言った。

「ただの梅干しではないぞ」

松平伊豆守は笑みを浮かべた。

「選りすぐった大粒の梅を十年漬けこんだ名品だ。食してみよ」

藩主は身ぶりをまじえた。

「はっ……では、一つ」

音松は見たこともない大ぶりの梅干しを一つつまみ、口中に投じた。

深い酸味が口いっぱいに広がる。少し遅れて、ほのかな甘みが伝わってきた。これまで味わったことのない梅干しの味だった。

「そんなうまい梅干しは味わったことがなかろう」

家老が言った。

「はい……おいしゅうございます」

音松は答えた。

「土産を兼ねて、はつねやへ持ち帰れ」

松平伊豆守が言った。

「頂戴していいのですか」

音松は驚いて問うた。

「よい。その代わり……」

藩主は座り直して続けた。

「出立までに、梅干しを用いた菓子の試しづくりをしてまいれ。むろん、紀州でさまざまな見聞と舌だめしをしたうえで銘菓づくりに励んでもらうつもりだが、まずは腕だめしのごときものだ」

松平伊豆守が笑みを浮かべた。

「承知しました。気張ってつとめます」

音松は腹の底から声を発した。

「気が入るのう、はつねや」

家老が言った。

「はっ」

音松は小気味よく頭を下げた。

終章　祝いの宴

一

「うん、これはおいしいねえ」

隠居の惣兵衛が笑みを浮かべた。

「使っている梅干しが絶品ですから」

音松が答えた。

紀伊玉浦藩から土産にもらった梅干しを用い、さっそく菓子の試作をしてみた。

まずつくったのは梅風味の水羊羹だ。ほんのりと紅色もつけると、いい感じの品に仕上がった。

「紅い丁稚羊羹みたいな雰囲気ですね」

隠居と一緒に来た俳諧師の中島杏村が言った。

「さようです。夏場にはちょうどいいかと」

音松が答えた。

「そのうちお殿さまのもとへもお届けしようかと言ってるんです」

おはつが言った。

「おいら、あんなにうまい梅干しを食ったのは生まれて初めてで」

大福餅の振り売りの支度をしながら、巳之作が言った。

数にかぎりがあるから、一人一つだけ、ほかほかの飯にのせて食してみた。

「ほんと、梅干しのお殿さまみたいな味で」

少し遠い目でおはつが言った。

「紀州の土産にいただければと」

巳之作が調子のいいことを言った。

「そりゃずいぶん先の話だな」

音松は苦笑いを浮かべた。

「そうっすね。とりあえず、明日は最後の習いごとなので」

と、巳之作。

「若おかみになるおすみちゃんの習いごとだね」

隠居が笑みを浮かべた。

「おすみちゃんだけじゃなくて、おみよちゃんにも縁談があって」

おはつが伝えた。

「それから、おたえちゃんは武家屋敷への奉公が決まったので、三人での習いごとは明日で終いなんです」

音松が言った。

「そうかい。そりゃあ、めでたいことだね」

隠居の温顔がほころぶ。

「それぞれの門出ですね」

杏村がおはつに言った。

「ええ。せっかくなので、明日の習いごとではお殿さまからいただいた梅干しを使わせていただこうかと」

「それは、ひときわ気が入りますね」

おはつは答えた。

俳諧師はそう言って、梅の香りがする水羊羹の残りを口中に投じた。

二

三人娘の習いごとは、いよいよ今日で終いになった。ちょうど寺子屋が休みだから、話を聞いた林一斎と千代も教え子たちの稽古ぶりを見にやってきた。

「早いものですね。ついこのあいだ、寺子屋をやめたばかりのような気がします」

柿羊羹を食しながら、千代が言った。

「わらべはあっという間に大きくなりますから」

一斎がそう言って、茶を少し啜った。

「おなみも大きくなって、お嫁に行ったりするのかもしれませんね」

習いごとを始めた三人娘のほうをちらりと見てから、おはつが言った。

「何にせよ、育った教え子を見るのはありがたいことです」

千代が笑みを浮かべた。

「よし、梅肉を刻もう。大事な梅だから、取り扱いは慎重に」

音松が言った。

「はい」

おすみが真っ先に答えた。

巳之作と暮らす長屋はもう決まった。祝いの宴が終わったら家移《やうつ》りだ。

「十年ものだから」

「こんな大きな梅干し、初めて」

おみよとおたえが言う。

おすみと巳之作の祝いの宴には、もちろんどちらも招くことになった。巳之作の実家《さと》へのあいさつが済めば、あとは祝言を挙げて晴れて若夫婦だ。

今日つくるのは梅羊羹だ。

水羊羹より硬めの羊羹で、刻んだ梅肉を散らす。このほうがより梅の風味を楽しむことができる。

音松が請われて赴く紀伊玉浦藩は、ほかにも柿や蜜柑が特産だ。吊るし柿を使った柿羊羹の試作も考えていたのだが、ちょうど絶品の梅干しを頂戴したし、半ば藩命でもあるから使うことにした。

「よし、気張ってやるぞ」

巳之作が腕まくりをした。

「ひときわ気が入ってるわね、巳之作さん」

おたえが冷やかす。

「そりゃ、祝言間近だから」

おみよも和す。

みなに冷やかされながらも、巳之作は要領よく手を動かしていた。しくじりばかりだった初めのころとは見違えるほどだ。

「よし、刻み終えたら、寒天を溶かし、白餡と砂糖をまぜてひとしきり煮る。そこに梅肉を加えて固めれば出来上がりだ」

音松は言った。

「わたしがやってもよろしいでしょうか」

おすみが進んで手を挙げた。

「ああ、いいよ。幸せのおすそ分けだな」

音松は笑みを浮かべた。

「なら、一緒にやります」

巳之作も名乗りを上げる。

「じゃあ、若夫婦で力を合わせて」

と、おみよ。

「あやかりたいわね」

武家屋敷へ奉公に出るおたえが笑顔で言った。

みなが見守るなか、おすみと巳之作は息の合った動きで梅羊羹をつくっていった。これなら半年ほど留守にしても大丈夫かもしれない。多少のしくじりがあっても、常連さんは守り立ててくださるだろう。

音松はそう思った。


せっかくだから、林夫妻もできあがったものを食べてから帰ることになった。羊羹が固まるまで、ほかの教え子たちの消息や、夫婦の暮らしの心得などについて、ひとしきり話が続いた。

「習いごとに加えて、寺子屋も特別に終いのお話を頂戴したような気がします」

少し神妙な顔つきで、おすみが言った。

「本当にためになりました」

おみよが頭を下げた。

「みなでこうして習いごとをしたり、お話を聞いたりするのが終いだと思うとちょっと寂しいですけど」

おたえが包み隠さず言う。

「たまに集まることにしたら？」

千代が水を向けた。

「そうそう。はつねやさんに集まって、お菓子とお茶をいただきながら話をすればいいよ」

一斎も穏やかな笑顔で言った。

「そうですね。先生のおっしゃるとおり」

おすみが言った。

「積もる話もあるでしょうし」

「きなこちゃんにも会いたいから」

おたえとおみよも乗り気で言った。

そうこうしているうちに、梅羊羹が固まった。

型から外し、切り分けてみなで食す。

「わあ、おいしい」

おすみが声をあげた。

「梅の食感が残ってるところがいいわね」

おたえがうなる。

「ほんと、後を引く味」

おみよが和した。

「これなら、お客さん、たくさん来ますよ」

巳之作が興奮気味に言った。

「ただし、極上の梅干しばかり使うわけにはいかないね」

「今日だけのありがたい美味ということで」

林夫妻が言った。

「さようですね。ひとまず今日だけで」

おはつが笑みを浮かべた。

「これも思い出の菓子になりそうだな」

音松が感慨をこめて言った。

「なります」

おすみがすぐさま言った。

「忘れません、この味を」

「ずっと先まで憶えています」

おたえとおみよも感慨深げな面持ちで言った。

こうして、三人娘の習いごとは終わった。

これからは、それぞれの人生の歩みだ。

三

翌日――。

根津から新たな菓子の木型が届いた。

届けてくれたのは、おはつの母のおしづだった。急ぎのつとめがないから、はつねやまでわざわざ足を運んでくれた。

「苦労したわよ」

木型を披露したおしづが言った。

「わあ、鼠と俵と小判」

おはつがどこか唄うように言った。

「難しい注文で相済みません」

音松が頭を下げた。

「いえいえ、やり甲斐があったから」

おしづは笑みを浮かべた。

「干支菓子は必ず売れるので」

おはつが言う。

来年の干支は子《ね》だ。鼠をどうあしらうか思案したが、俵に鼠が乗り、小判とたわむれている図にした。正月の縁起物としては申し分がない。

「なら、さっそくつくってみます」

音松が言った。

「初物をいただくわ」

おしづが笑顔で答えた。

昨日の梅羊羹は上出来だったから売り物にもした。ちょうど終いものがあったので、おしづにも出した。

「おいしいわね、風味豊かで」

木型づくりの女職人が驚いたように言った。

「十年ものの梅だから。お殿さまからいただいたの」

おはつが言った。

「こういうお菓子をつくりに行くのね」

と、おしづ。

「ほかにも、柿や蜜柑が特産なので」

押し物をつくりながら、音松が言った。

「いいお菓子ができそうね。体に気をつけて気張ってね」

おしづはそう言うと、湯呑みの茶を啜った。

「はい、気張ってやります」

音松はそう答えてまた手を動かした。

ほどなく、押し物ができた。

鼠が白いから、俵は薄茶色だ。

小判はおめでたい黄金色にした。

最後に、面相筆で墨の目を入れると、縁起物の干支菓子ができあがった。

「ちゃんと鼠に見える」

おはつが言った。

「そりゃ、わたしが彫ったんだもの」

おしづがやや不満げに言った。

「これはいい縁起物になりますね。ありがたく存じます」

音松が頭を下げた。

表で遊んでいたおなみがちょうど戻ってきた。

「何に見える？　おなみちゃん」

祖母のおしづがたずねた。

菓子をじっと見つめてから、わらべは答えた。

「……ねずみさん！」

おなみが元気よくそう言ったから、はつねやに和気が漂った。

四

その後も段取りは進んだ。

巳之作の原宿村の実家へは、おすみとその父の山海堂のあるじ、それに音松もあいさつに足を運んだ。

文などは送らず、だしぬけに訪れたから驚いたようだが、巳之作の親きょうだいはこぞって喜んでくれた。

「まさか巳之作がこんないい娘さんを女房にもらう日が来るとは」

「ほんにありがたいことで」

父も母も大喜びだった。

土産には、はつねやの菓子と、山海堂の砂糖を持参した。どちらも大変に喜ばれた。

そんな按配で、滞りなく関所を越えた。

残るは、祝いの宴だけだ。

やぶ川の座敷を借り切り、吉日を選んで宴が行われることになった。

木枯らしが吹く季節になったが、幸いにもきれいに晴れた。宴に出る者はだんだんに集まってきた。

音松とおはつはおなみをつれて巳之作とともに出かけた。巳之作は羽織袴の凛々しい姿だ。

途中で五重塔の十蔵親分に出会った。

「おっ、今日は祝言かい」

親分が巳之作に問うた。

名物振り売りの巳之作が身を固める話は、谷中ではもう知らぬ者がなくなっている。

「へえ、おかげさんで」

巳之作は満面の笑みで答えた。

「花嫁さんは駕籠で来ることに」

おはつが告げる。

「そうかい。めでてえことだな」

十手持ちは白い歯を見せた。

宴に出るのは、山海堂のおすみの親きょうだいのほかに、花月堂のあるじの三代目音吉と番頭の喜作と跡取り息子の小吉、おすみの恩師の林一斎と千代の夫婦、おすみの友のおみよとおたえ、それに、はつねやの常連の惣兵衛と中島杏村といった面々だ。座敷にかぎりがあるため、十蔵親分には声をかけなかったのだが、とくに気にする風もなかったから音松とおはつはほっとした。

原宿村は遠いため、巳之作の親きょうだいは呼ばなかった。また改めて年明けにあいさつに行く段取りになっている。

やぶ川に着くと、音松と巳之作は背負ってきた嚢《ふくろ》を下ろした。

宴に出た人に土産として渡す小分けの手提げ袋がたくさん入っている。中身は腕によりをかけてつくった鯛の押し物だ。

宴では本物の鯛の焼き物が出る。蕎麦屋だが、やぶ川では宴がたびたび行われているから、そのあたりに抜かりはない。

「おっ、見違えるみたいだな」

巳之作の恰好を見るなり、仲のいい小吉が笑みを浮かべた。

「そりゃ晴れ舞台だから」

巳之作も笑みを返した。

山海堂から駕籠が着くまで、思い出の菓子づくりの件で話の花が咲いた。

その後もたまに思い出の菓子づくりの客がやってきた。

ただし、長崎の玉子入りのぼうろに比べたら、いたって簡単なものだった。

「このあいだのお客さんは、こう言うんです。へらで八つくらいの筋が入った餡餅で、わらべのころに土産にもらって食べた味が忘れられないからつくってほしいと」

音松はそう伝えた。

「そりゃ八福餅だね」

三代目音吉がおかしそうに言った。

「ええ。すぐ分かったので八福堂さんの場所をお教えしました」

おはつが言った。

「あんまり難なく分かるのも張り合いがないね」

隠居がそう言って笑った。

そんな調子でよもやま話をしているうちに、駕籠が連なってやぶ川に着いた。

一挺の駕籠からは、白無垢姿のおすみが降り立った。

かくして、役者がそろった。

五

宴は進み、無事、固めの盃が終わった。

巳之作とおすみは晴れて夫婦となった。

「留守のあいだ、頼むぞ」

音松が酒をついだ。

「へい、気張ってやりますんで」

巳之作はいつにも増した笑顔で答えた。

「困ったらおはつと相談して、うちを頼ってくるといい。いくらでも助言をするから」

花月堂のあるじが言った。

「わたしも折にふれて顔を出すからね」

番頭の喜作も言う。

「ありがたく存じます。まずは身の丈に合ったつとめを、手を抜かずにやっていきますんで」

巳之作は殊勝な面持ちで答えた。

その脇で、おすみがうなずく。

ほどなく、紅白蕎麦が運ばれてきた。

白は御膳粉、紅は紅生姜を刻んだものでぴりっと辛い。二色の蕎麦がおめでたく結ばれている。

「わあ、きれい」

「初めて見た」

おみよとおたえが声をあげた。

焼き物の鯛も取り分けられた。どれも身がずっしりと詰まったいい鯛だ。

「いつも押し物の鯛だから、舌が喜ぶね」

隠居の惣兵衛が言った。

「お土産は押し物の鯛ですよ、ご隠居さん」

おはつが笑みを浮かべて言う。

「ああ、いや、あれはあれで好物なんだ」

隠居がそう弁解したから、場に和気が漂った。

楽しい時は早く流れる。

祝いの宴は進み、終いに蕎麦がき汁粉が出た。

「ふうふうしてあげるからね」

おはつがおなみのために、汁粉に息を吹きかけてさましてやった。

わらべが少しずつ食す。

「おいしい？」

おすみがたずねた。

「うん」

おなみはにっこり笑った。

「宴もたけなわでございますが、このあたりでそろそろ締めに入らせていただきます」

進め役の喜作が言った。

宴の場が静まる。

「では、新郎の師匠で、紀伊玉浦藩から請われて、年明けから銘菓づくりのために紀州へ赴くことになっているはつねやのあるじ、音松さんからひと言」

喜作は身ぶりをまじえた。

「はつねやの音松でございます。はつねやが谷中の地にのれんを出して、やっとここまで来られましたのは、多くの方々のお力添えの賜物です。深く感謝いたします」

音松は一礼してから続けた。

「花月堂から助っ人として出していただいた巳之作は、菓子の振り売りとして、いまや谷中の名物になってくれています。肝心の菓子づくりのほうは腕が甘かったのですが、おすみちゃんとの仲が進むにつれて、このところ見違えるように腕が上がってきました」

ほめられた巳之作が髷に手をやった。

「来年は紀伊玉浦藩で銘菓づくりをするという大役で江戸を離れることになりますが、おはつに加えて、おすみちゃんと巳之作の若夫婦がいれば留守のあいだも大丈夫でしょう。どうか引き続きはつねやを守り立ててくださいますよう、皆々様にお願いをするとともに、若い二人の門出を改めて祝しまして、ごあいさつに代えさせていただきます。ありがたく存じました」

音松はそう締めくくった。

「常連がついてるから、はつねやは大丈夫だよ」

いくらか赤くなった顔で隠居が言った。

「得意先もしっかりしているからね」

三代目音吉が和す。

最後に、巳之作が立ち上がった。新郎からもひと言だ。

「えー……本日はおいらと、いや、手前とおすみちゃんの祝言の宴のためにお運びいただきまして、ありがたく存じました」

いつもより硬い顔つきで、巳之作は切り出した。

「まだ腕は甘いですが、おすみちゃんと力を合わせて、師匠が紀州から帰ってきたときもまだはつねやののれんがあるように……」

「なくなってたら困るぞ」

三代目音吉が口をはさんだ。

思わず笑いがもれる。

「そういうことがないように、しっかりのれんを守っていきます。えーと……」

巳之作はそこで言葉に詰まった。

「本日は、本当にありがたく存じました」

おすみがすかさず助け舟を出した。

「これなら安心だ」

「しっかりやりなさい」

場から声が飛んだ。

「はい」

「気張ってやります」

夫婦になったばかりの若い二人の声がそろった。

六

「なら、また明日」

駕籠に向かって、巳之作が手を振った。

「お疲れさま」

ひと声かけて、おすみが駕籠に乗りこんだ。

白無垢姿で長屋へ行くわけにもいかないから、明日また出直しだ。ついでに嫁入り道具も運ばれてくる。

「帰りは軽くていいな」

音松が言った。

押し物の鯛は、滞りなく土産として渡した。持ち帰るのは空の嚢だけだ。

「いい宴だったね」

途中まで帰り道が同じ隠居が言った。

「ほんに、ありがたいことで」

おはつが笑みを浮かべた。

「……木枯らしは吹けどあたたか新婚《にいめとり》」

中島杏村が発句を口ずさむ。

「さすがですね、杏村さん」

惣兵衛が言う。

「いや、つい思いついたもので」

俳諧師は総髪の頭に手をやった。

「では、わたしたちはこれで」

「教え子たちと話をしながら帰りますので」

路地へ入るところで、林夫妻が言った。

「今日ははつねやがのれんを出していないからね」

三代目音吉が言う。

「紀州へ行く前に、また改めてごあいさつにうかがいますので、師匠」

音松が言った。

「ああ、待っているよ」

花月堂のあるじが右手を挙げた。

宴に出てくれた人たちを見送ると、はつねやの面々は路地に入った。

「あっ、きなこ」

おなみが指さした。

長床几は出していないが、看板猫は見世の前にちょこんと座って待っていた。

「来春はきなこも子を産みそうね」

おはつが言った。

「今年産むかと思ったんだがな」

と、音松。

「紀州から帰ったら、子猫がたくさんいるかも」

おはつが言った。

「お客さんが望まれたら里子に出しましょう」

巳之作が気の早いことを言った。

「ただいま、きなこ」

背丈が伸びたおなみが手を伸ばした。

「みゃあーん」

はつねやの看板猫が嬉しそうに駆け寄る。

「ただいま」

おはつも笑顔で声をかけた。

「偉かったぞ」

音松が首筋をなでてやる。

猫が気持ちよさそうにのどを鳴らす。

その音が、日の当たるはつねやの前で、ひとしきり悦ばしく響いた。

［参考文献一覧］

仲實『プロのためのわかりやすい和菓子』（柴田書店）
中山圭子『事典 和菓子の世界 増補改訂版』（岩波書店）
山本博文監修『江戸時代から続く老舗の和菓子屋』（双葉社）
『復元・江戸情報地図』（朝日新聞社）
日置英剛編『新・国史大年表 六』（国書刊行会）
田中博敏『お通し前菜便利集』（柴田書店）
三谷一馬『彩色江戸物売図絵』（中公文庫）

（ウェブサイト）
上生菓子図鑑
くらさか風月堂（フェイスブック）
丸芳露本舗 北島
クックパッド

この作品は書き下ろしです。

思《おも》い出菓子市《でかしいち》

お江戸甘味処《えどかんみどころ》 谷中《やなか》はつねや

倉阪鬼一郎《くらさかきいちろう》

令和3年6月10日 初版発行

発行人―――石原正康
編集人―――高部真人
発行所―――株式会社幻冬舎
〒151-0051東京都渋谷区千駄ヶ谷4-9-7
電話 03(5411)6222(営業)
03(5411)6211(編集)
振替00120-8-767643
印刷・製本―中央精版印刷株式会社
装丁者―――高橋雅之

幻冬舎時代小説文庫

ISBN978-4-344-43098-3 C0193 く-2-9

幻冬舎ホームページアドレス https://www.gentosha.co.jp/
この本に関するご意見・ご感想をメールでお寄せいただく場合は、
comment@gentosha.co.jpまで。